*Deuxième édition revue et augmentée.*

*AMÉ GORRET*

# VICTOR-EMMANUEL

## SUR LES ALPES

*NOTICES ET SOUVENIRS*

Ornés de Croquis par C. TEJA,
d'un Portrait en photographie, et d'une Carte.

### TURIN
F. CASANOVA, ÉDITEUR
Libraire de S. M. le Roi d'Italie
1879.

# VICTOR-EMMANUEL

## SUR LES ALPES

Bertelli et Solteri phot. Turin

# VICTOR EMMANUEL

*en costume de chasse.*

AMÉ GORRET

Membre honoraire du Club alpin Italien
(Section d'Aoste)

---

# VICTOR-EMMANUEL

## SUR LES ALPES

---

### NOTICES ET SOUVENIRS

ornés de Croquis par CASIMIR TEJA, et d'une Carte.

---

*Deuxième édition revue et augmentée.*

**TURIN**

*F. CASANOVA, ÉDITEUR*

Libraire de S. M. le Roi d'Italie

---

1879.

*Je te prie d'agréer la dédicace de ce petit livre comme un témoignage de mon amitié, un peu alpestre et rocailleuse, mais toujours fidèle et inébranlable comme les cimes que nous aimons à escalader ensemble.*

*Ton affectionné*
A. GORRET.

*Gignod, 19 mars 1878.*

## A M<sup>r</sup> le Chev. R. H. BUDDEN,

*Président de la Section du C. A. I.*
*de Florence.*

———

*Vous me demandiez récemment des nouvelles de notre Section d'Aoste dont vous êtes à si juste titre Président honoraire. Je vous dirai que nous attendons le printemps pour terminer sur le pic Carrel (Becca di Nona, altitude 3165 m.) le pavillon qui portera votre nom; mais, si la saison d'hiver condamne à l'inertie les jambes des Alpinistes, elle ne les empêche pas de faire marcher leur plume; et en voici une preuve dans cette Notice.*

*J'écrivais, il y a deux ans*, dans le Guide de la vallée d'Aoste (1) *que mon ami l'abbé Gorret* « était un noble cœur « sous une rude écorce », *et que je pouvais toujours compter sur lui pour tout ce qui concerne le bien de notre Vallée. En écrivant, sur ma prière, cette Notice sous le titre de* VICTOR-EMMANUEL II SUR LES ALPES, *la plume spirituelle du premier des Alpinistes valdôtains paie à la mémoire du Roi chasseur une part de la gratitude de la vallée d'Aoste envers celui qui avait choisi nos montagnes comme séjour de prédilection pour ses chasses, et qui par ses bienfaits et sa familiarité avec nos montagnards était devenu pour nous presqu'un compatriote.*

(1) Guide de la Vallée d'Aoste, par GORRET et BICH (1 *vol. in-12° avec 85 gravures et une carte*). Turin 1877. F. CASANOVA éditeur *(Prix 5 Fr.).*

*Notre ami Casimir Teja a bien voulu s'associer à l'idée patriotique de l'abbé Gorret en prêtant le concours de son habile crayon pour retracer quelques vues du campement des chasses royales et reproduire sous son costume pittoresque la figure du Roi chasseur; c'est là un gage de plus pour le succès de cette Notice, qui vous persuadera que tous vos amis du Club alpin d'Aoste ne sont pas des paresseux, même pendant l'hiver.*

*Agréez mes saluts très-affectueux.*

*Le Président de la Section d'Aoste*
Baron C. Bich, avocat.

*Turin, 5 avril 1878.*

# I.

*Passion de Victor-Emmanuel pour la monta-
gne et la chasse — Premiers exploits — Le
Duc de Gênes à Cogne — Les deux frères à
la chasse — V.-E. à Courmayeur — Sa
lettre à Massimo d'Azeglio — Accueil d'une
demande en grâce et refus d'une autre.*

Maintenant que de tous côtés on parle de Victor-Emmanuel II, du Président d'honneur du Club alpin Italien, dont la perte est si vivement, si universellement ressentie ; maintenant que de chaque coin d'Italie on voit éclore des projets de monuments pour éterniser sa mémoire, comme si déjà elle menaçait de disparaître, il nous paraît à propos de publier une étude sur *Victor-Emmanuel alpiniste et chasseur*.

Nous n'avons pas à faire des appréciations politiques, à juger Victor-Emmanuel comme roi, comme guerrier, comme homme d'État, à parler de l'unité italienne, et de tant d'autres choses, qui seront encore, comme elles furent déjà, traitées à satiété par d'autres personnes plus ou moins compétentes; notre but, à nous, c'est de donner un portrait exact et fidèle de *Victor-Emmanuel, alpiniste et chasseur dans la vallée d'Aoste.*

Victor-Emmanuel aimait la montagne et la chasse avec une véritable passion, et dans la montagne il aimait à vivre de la vie du franc montagnard. Point de luxe, aucun apparat, absence absolue d'étiquette. Aussi nos montagnards aimaient ou plutôt idolâtraient Victor-Emmanuel; c'était leur roi à eux.

Il nous souvient d'avoir lu quelque part, ou plutôt d'avoir entendu par des témoins oculaires des épisodes sur ses courses et ses chasses de jeune-homme sur les montagnes du Piémont et de la Maurienne, lorsque seul avec son fusil et son chien il escaladait les rochers, traversait les forêts et les ravins, se contentant de quelques rafraîchissements dans les châlets, et reprenant aussitôt, toujours infatigable, ses excursions, après s'être le plus familièrement du monde entretenu avec les campagnards ébahis de sa bonhomie et de sa générosité. Aussi il fallait voir combien ces paysans étaient étonnés d'apprendre, plus tard qu'ils avaient eu l'honneur de recevoir leur roi et de s'entretenir avec lui ! Il y aurait là-dessus à faire une riche collection d'anecdotes qui dépeindraient bien heureusement le caractère si bon et si franc de Victor-Emmanuel.

Mais nous laisserons à d'autres la peinture de cette époque, ainsi que des territoires de Valdieri, de Casotto, de la Rochemelon etc. Nous ne voulons parler que de la vallée d'Aoste, qui doit tant à Victor-Emmanuel et qui a tant perdu en le perdant; et encore nous ne pouvons qu'effleurer ce qu'il faudrait faire connaître dans les plus intimes détails.

Dès 1841 le Duc Ferdinand de Gênes, digne frère de Victor-Emmanuel, était venu à Cogne ; il avait visité le filon, soit la riche minière de fer de Liconi. On voit sur la place de Cogne, fixée au mur de la maison communale, une pierre en marbre noir avec l'inscription en lettres d'or qui perpétue ce souvenir glorieux pour le pays.

Depuis cette époque, et lorsqu'il en avait le loisir, le Duc de Gênes revint chasser sur nos montagnes. Son goût pour la chasse au bouquetin fut bientôt

partagé par Victor-Emmanuel ; et en
1850, tandis que la famille royale se
rendait à Courmayeur en longeant la
vallée, les deux frères voulurent s'y
rendre par les montagnes et y arriver en
touristes et chasseurs. Leur rendez-vous
fut fixé à Cogne, où le Duc de Gênes se
trouvait depuis quelques jours. Victor-
Emmanuel traverse Champorcher à cheval par des chemins affreux et se rend
à Cogne par le col de Fenêtre qui atteint
l'altitude de 2831 mètres. Il n'y avait
pas alors, comme il y a aujourd'hui, une
route de Bard à Champorcher ; c'était un
vrai casse-cou ; aussi les montures étaient,
comme elles le sont encore, inconnues
à Champorcher, et le peuple était fort
curieux de voir des chevaux. En accom-
pagnant le Roi, qui demandait des nouvelles de son frère, quelqu'un lui fit ob-
server le danger du passage à cheval
près des précipices de l'Escaletta ; Victor-

Emmanuel sourit, et refusa de descendre. Lorsqu'on lui parla avec admiration de l'habileté et de la force de son frère à gravir les montagnes, il manifesta son plaisir de l'entendre louer ainsi, mais il ajouta en souriant: « Lorsque nous « sommes tous les deux ensemble, « mon frère doit bien suer pour me « suivre ; je lui fais mettre l'écume à « la bouche ». Les paysans durent se convaincre ensuite que le Roi avait parfaitement raison; il laissait en arrière les meilleurs montagnards qui l'accompagnaient.

Après quelques jours de chasse sur les montagnes de Cogne, les deux frères se rendirent à Courmayeur à travers les monts, et toute la famille royale se trouva réunie à la cure. Ici un petit fait qui peint à merveille le caractère du roi.

Une femme du pays se rend à la cure pour porter la provision des œufs. Elle

rencontre sur la porte un individu qui la salue gracieusement et lui demande ce qu'elle cache dans son panier. Cet homme prend lui-même le panier, le porte dans la cuisine et revient avec une poignée d'argent. La bonne femme, gagnée par cette complaisance, exprime le désir qu'elle avait de voir le roi — « Mais c'est moi », lui fut-il répondu. Elle alors regarde avec des yeux ébahis, et finit par dire : « Oh ! pour cela, « non. Une si bonne et si belle femme « que la Reine n'allait pas épouser un « homme si *beurt* ». Le Roi, car c'était bien lui avec sa grande moustache, lui donne encore quelque argent en la congédiant et s'empresse d'aller demander à quelques paysans ce que signifiait le mot *beurt* — « Cela veut dire qui n'est « pas beau, qui est *laid* ». Le Roi s'en va en riant raconter le fait à la Reine, et il se plaisait encore longtemps après

- 3

à répéter cette anecdote de sa promenade à Courmayeur.

Dans les dernières années le Roi comprenait et répondait tant bien que mal dans les patois et dialectes de la vallée d'Aoste.

C'est pendant ce premier séjour à Courmayeur que Victor-Emmanuel écrivit à Massimo d'Azeglio, alors Président du Conseil des Ministres, et qui se trouvait aux bains d'Acqui, la charmante lettre que nous reproduisons :

« Cher ami,

« De ce nid alpestre je n'oublie pas mon ami. Merci de vos deux lettres. Je suis arrivé ici samedi soir à onze heures, après une semaine de fatigues terribles sur les glaciers de Dondennaz et de Cogne. J'ai parcouru la vallée de Bard, Champorcher, Fenis, saint Julien et Cogne, et je n'ai rencontré que des

preuves d'un véritable amour de la part
des robustes enfants des Alpes. Dimanche j'ai reçu ici presque toute la ville
d'Aoste, qui vint me complimenter d'une
manière vraiement cordiale. Plusieurs de
ces discours vous seront envoyés, parce
qu'ils sont vraiment beaux, et dans mes
réponses j'eus la chance d'être aidé par
la vérité de mes pensées et par le peu
que j'ai de verve poétique. Je fus aussi
fortuné à la chasse. J'ai tué six chamois
et un bouquetin, de l'espèce la plus
rare, et plusieurs faisans; j'ai étonné
les chasseurs de ces montagnes par la
longueur des tirs de ma carabine. Et
nous leur avons laissé en même temps
une bonne idée de nous, parce que *Barba
Vittorio* fit aussi trotter *i quattrini*.

« Aujourd'hui, lundi, est un jour bien
triste pour nous, et pour moi en particulier: c'est l'anniversaire de la mort
de mon pauvre père. Nous avons fait

célébrer une messe solennelle, et presque toute la garde nationale d'Aoste vint y assister en uniforme avec beaucoup de décence.

« Celle-ci m'ayant demandé que mon second fils, qui est Duc de ce pays, fut inscrit dans ses rôles, je l'ai accordé, ce qui m'a paru faire beaucoup de plaisir. Mais, mon cher Maxime, aujourd'hui je suis bien triste, et je ne fais que verser des larmes en pensant à celui que j'aimais tant, et au lugubre passé.

« Je suis content que ma manière de penser par rapport à Montemolino soit aussi la vôtre; cette manière de penser a toujours été la base de ma vie, et elle le sera jusqu'à ma mort. Par le passé je l'ai émise au milieu même des dangers, et je l'ai même prêchée à qui n'avait pas des oreilles pour l'entendre.

« Les mesures relatives aux brigands sont excellentes. L'ami Nicolas doit être travaillé par sa fille ; je lui parlerai de cela à mon retour ; il est facile d'arranger le tout, mais en fiers et intrépides fils d'Italie, tels que nous sommes.

« Je compte rester ici toute la semaine. Ces deux jours j'ai beaucoup travaillé avec Siccardi, que j'aime et que j'apprécie tous les jours davantage. Je resterai ici jusqu'au 15 ou au 20 du mois prochain, si le temps est propice ; je recommencerai ensuite mes excursions sur ces sommités, et même en Savoie. Écrivez-moi, mon cher ami. Ayez soin de votre santé, et pensez quelquefois à *Barba Vittorio* qui vous aime bien de cœur et qui ne trompe jamais.

« Le 29 juillet 1850.

« Votre affectionné ami

« VICTOR-EMMANUEL »

Cette même année le Roi se rendit à l'Hospice du Petit saint Bernard, chassa dans les environs, et se disposait à passer, comme il avait annoncé dans sa lettre, sur les montagnes de la Savoie; mais il fut rappelé à Courmayeur au sein de sa famille.

Le souvenir de ce séjour de la famille royale toute entière à Courmayeur n'est pas encore éteint, et le premier étage de la cure garde encore pour chaque chambre le nom des membres de la Maison royale qui l'ont occupée. La mémoire des montagnards est ténace; aussi leur reconnaissance est durable.

Une bonne vieille mère de famille s'adressa un jour au Roi : — « Majesté, « pardonnez à ma Louise » — « Qu'a-t-elle « fait ? » — « Voyez, elle est jeune, on l'a « trompée, un malheur est arrivé, et elle « a tué son enfant. Je suis vieille, et je « n'ai que ma fille pour m'assister ».

La grâce royale fut accordée.

Il n'en fut pas de même dans un autre cas. Un individu s'adresse directement au Roi pour lui demander la grâce, la rémission d'une condamnation à cinq ans. — « Et pourquoi cette con-« damnation ? » — « Pour avoir prêté faux « serment » — « Eh bien ! c'était dix ans « qu'il fallait mettre au lieu de cinq ».

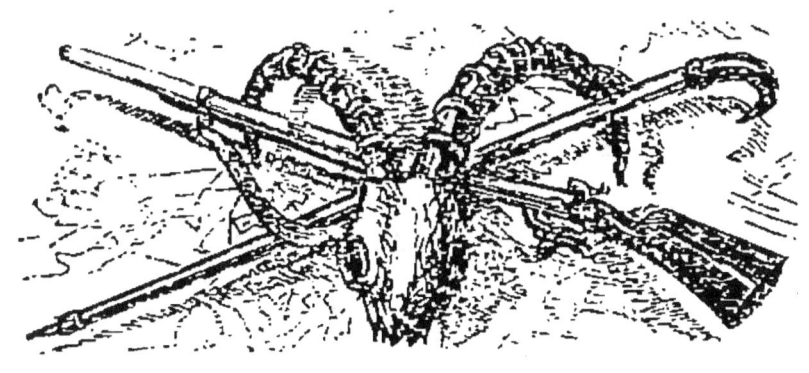

## II.

*Le Bouquetin et le braconnage — Rareté du bouquetin ; sa dernière retraite — Réserves et Maisons royales de chasse.*

Il existe sur les Alpes Graies un animal unique dans son genre en Europe et même, je crois, dans le monde ; c'est le bouquetin, le roi des gibiers et de la faune de nos montagnes. Nous n'en donnerons pas une description savante ; quelques notes suffisent à notre but.

L'espèce de bouquetin que nous pos-
sédons paraît avoir occupé autrefois
toute l'étendue des Alpes avec leurs
glaciers. Le Mont-Blanc, le Mont-Rose,
le Combin, l'Oberland bernois, les
montagnes de Glaris, des Grisons etc.,
paraissent avoir connu et possédé notre
bouquetin; nous trouvons même aux
sommités de Bionaz un col très-élevé
qui s'appelle Col des Bouquetins.

En Suisse des lois fort rigoureuses
protégeaient cette chasse, dont le mode
et les époques étaient aussi minutieu-
sement déterminés. Il y avait des localités réservées, comme des refuges, où
nul chasseur pouvait pénétrer, et où les
nobles animaux étaient à l'abri de tout
danger et de toute poursuite. Étaient à
l'abri, avons nous dit, mais le mot est
impropre; il fallait dire qu'ils auraient
dû être à l'abri. Malheureusement il n'en
fut pas ainsi; et trop tard on a dû le

constater. L'ardeur pour la chasse, le prix
de l'animal, la beauté et la valeur de
ses cornes employées pour des travaux
recherchés, le goût du fruit défendu,
les dangers et les péripéties même de
cette chasse, tout contribua à faire disparaître cette belle race du territoire
de la Suisse; et cela nous explique les
provocations qu'on fait aujourd'hui aux
braconniers pour attraper vivants sur
nos montagnes les petits bouquetins et
les faire passer en Suisse, où l'on cher-
che, s'il est possible, de replacer et
repropager ce riche fleuron de la faune
des Alpes (1).

(1) DE TSCHUDI (*Le Monde des Alpes*, pag.
779) rapporte qu'un naturaliste (Neger d'Ander-
matt) « a reçu dans les dernières années une
« quarantaine de bouquetins, tués au Mont-
« Rose et au Val-de-Cogne, dont la plus grande
« partie ont été envoyés à des Musées étrangers.
« Souvent aussi on lui en a envoyé de vivants...
« En automne, époque où ce gibier est plus

L'espèce en est actuellement limitée à
la partie des Alpes Graïes connue sous
le nom de massif du Grand-Paradis, laquelle s'étend sur les deux versants de
ce massif depuis Cérésole jusqu'à Champorcher à la Roèse-de-Bank, prenant
ainsi comme centre Valsavaranche, Cogne, et les vallons canavesans de Noaschetta à Piantonetto et à la val Soana,
soit proprement le tour de la Grivola,

« gras, les braconniers du Valais montent sur
« les montagnes du Midi et vont chasser dans
« les Alpes de la Savoie et du Piémont (Val-
« Cogne, Savaranche, Mont-Iseran), mais évi-
« tant avec soin de se laisser voir des chasseurs
« italiens. Comme cette chasse est défendue
« dans les deux pays, il faut y apporter beau-
« coup de circonspection et de ruse. La gibe-
« cière assez mal garnie, les chasseurs errent
« pendant huit ou quinze jours sur les hauteurs
« les plus inaccessibles, dormant souvent sur
« les roches, quelquefois debout, et attachés
« avec des cordes pour ne pas tomber dans les
« précipices . . . ».

du Grand-Paradis et du Grand-saint-Pierre. On en trouve encore quelques échantillons dans les environs de Tersiva, au Grand-Raffrey, d'où ils tendraient à s'étendre par le glacier de Lussert et la pointe de la Grande-Roèse au Mont-Émilius et à la Becca de Nona.

La chaîne du Mont-Blanc sur le versant italien, le long des pentes du glacier de Rochefort et des Grandes-Jorasses, avait encore dernièrement quelques bouquetins que Victor-Emmanuel faisait garder. Ils ont maintenant disparu : l'ardeur des braconniers suisses y entre-t-elle pour quelque chose? On est porté à le croire.

Il existe bien encore quelques espèces se rapprochant du bouquetin des Alpes dans les Pyrénées, dans le Caucase, dans le Groenland, et dans quelques autres pays du globe; mais leurs caractères distinctifs et leurs formes ne permettent pas de les confondre avec notre bouquetin des Alpes Graïes, qui forme véritablement une espèce à part.

Victor-Emmanuel avait compris qu'il n'y avait d'autre moyen de conserver ce précieux gibier et d'en empêcher la disparition complète de nos montagnes qu'en réservant le droit de le chasser au Roi et aux membres de la famille royale et en créant des gardes spéciaux pour la surveillance. C'est alors qu'on vit surgir les réserves de chasse dans la vallée d'Aoste. Elles datent de 1856 et 1857, et commencent par Champorcher, Cogne, Valsavaranche, et les vallons limitrophes du Canavais.

Une première maison de chasse fut construite au sommet du plateau du Nivolet, tout près d'un lac, et non loin du col de la Grande Croix de Nivolet, qui se trouve à l'altitude de 2525 mètres au dessus de la mer.

Comme il était essentiel que le terrain de réserve ne fût pas limité à la position précise des bouquetins, mais qu'il y eût un certain rayon pour leur développement; comme d'ailleurs les chamois et les bouquetins, quoique n'ayant point les mêmes mœurs, se trouvent dans les mêmes parages, la réserve s'étendit bientôt, et comprit par des concessions séparées les sommités de Champ-de-Praz, de Fénis, de st-Marcel, de Brissogne, les châlets d'Arpisson et de Comboë, la partie des Aymavilles avoisinant la Grivola, les communes de Rhêmes et de Valgrisanche.

Depuis lors commencèrent les grandes chasses annuelles et les grands travaux de routes en faveur des montagnes de cette partie de la vallée d'Aoste.

Victor-Emmanuel aimait à venir sur ces montagnes se délasser de ses fatigues, se soustraire pour quelques jours

aux chaleurs et à l'étiquette, et vivre
au milieu de ces paysans qu'il aimait, et
qui le lui rendaient bien. Ici plus de
gardes du corps, aucun danger de com-
plots, beaucoup de bien à faire, des
malheureux à secourir, et des vœux
sincères à écouter et à emporter.

## III.

*Apprêts de voyage — Arrivée de V.-E. à Bard,
puis à Champorcher — Le campement de
Dondenna — Apprêts de la chasse — Petits
loisirs du Roi — Détails de la chasse au
bouquetin — La messe du Dimanche — Les
aumônes — Coup d'œil et mémoire du Roi
— Sa rencontre avec un Abbé.*

Le Roi commençait ordinairement
sa chasse par Champorcher. Quelques jours avant son arrivée, un
avis était donné aux communes pour
la réparation des routes, et les chevaux pour la montagne arrivaient à
Bard.

La veille de l'arrivée, une partie de la

population de Champorcher et de Pont-
Bozet se rendait à Bard pour le transport
des bagages, des tentes, dès matelas en
caoutchouc, des couvertures et autres provisions. Pour les provisions de bouche,
tout ce qui pouvait s'y trouver était
pris dans le pays. Ce n'est que plus
tard qu'on fit monter d'ailleurs toutes
les provisions, même le fourrage pour
les chevaux, c'est à dire depuis la construction des routes de chasse. On abat-
tait quelques mélèzes, et on les trans-
portait au lieu choisi pour le campement.

Le Roi arrivait à Bard le plus souvent
à l'aurore, ne faisait que descendre de
voiture et monter à cheval. Il était ordinairement accompagné du grand-ve-
neur, de son médecin, et de deux ou
trois officiers d'ordonnance. Le long de
la route il recevait les suppliques, les
compliments, et conversait familière-

ment avec les gardes-chasse, les por-
teurs, les autorités, ou les paysans qui
se rencontraient sur son passage. Arrivé
à Champorcher, il passait presque toujours quelques minutes, avec sa suite,
à la cure, s'informant des nouvelles
du pays, de la bonté de la récolte,
de la santé générale depuis sa dernière visite, des besoins de la population, du nombre des pauvres, et de
mille autres petits détails. Bientôt on se
remettait en marche pour le campement
de chasse, situé près des châlets de
Dondenna à l'altitude de 2340 mètres.
Là on plantait les tentes, on installait la
cuisine : c'était un mouvement extraor-
dinaire de vie et d'animation, pendant
lequel le Roi se promenait seul dans les
environs fumant sa pipe, regardant les
montagnes, ou s'informant minutieu-
sement des localités, de la richesse, et
des chances probables de la chasse.

On organisait ensuite les batteurs et on
leur donnait l'heure pour le jour suivant;
c'était la partie la plus bruyante du
campement.

La tente pour le repas était au centre;
d'un côté se trouvait celle du Roi, et
tout-à-l'entour étaient celles du reste de
la comitive. Bien souvent trois, quatre,
et jusqu'à cinq personnes demeuraient
sous la même tente.

Pendant tout le temps que le Roi était
sur la montagne, le campement se
voyait entouré de pauvres, de mendiants,
auxquels on remettait chaque jour une
aumône après le repas du Roi; c'était
dans ce temps-là une pièce de huit
sous, soit quarante centimes, par personne, et ces personnes se montaient
souvent de cent à deux cents.

Lorsque quelqu'un allait demander
une audience, le Roi avait soin, en le
congédiant, de l'envoyer se restaurer ou

dans la tente du repas ou auprès du
cuisinier-chef, qu'il appelait alors lui-
même; c'était suivant la qualité du per-
sonnage reçu. Dans la tente du repas le
Roi allait souvent tenir conversation avec
ses hôtes.

Les jours de chasse, les batteurs par-
taient dans la nuit et cernaient les environs de la localité où était désigné le
poste royal. Vers les sept ou huit heures
du matin le Roi partait avec sa suite,
et dès qu'il se trouvait à son poste,
les batteurs, resserrant toujours de plus
en plus leur cercle, poussant des cris,
déchargeant en l'air leurs pistolets, for-
çaient le gibier à passer à la portée des
coups de la carabine royale ou de celles
de ses chasseurs. Vers les trois ou quatre
heures de l'après-midi la chasse était
terminée; on comptait les victimes, le
Roi les examinait avec complaisance,
appelait même des enfants pour leur

faire admirer les bouquetins, et la joie
était dans le campement pour le reste
de la journée. Le Roi s'informait encore
des péripéties de la battue, du nombre
des bêtes signalées, de la difficulté à les
pousser de son côté, et de tous les détails qui pouvaient servir pour le reste
du temps de chasse.

Ensuite venait le repas, suivi d'une
heure de repos sous la tente, puis une
promenade aux environs, un entretien
avec quelque garde ou autre personne,
ou un moment de solitude, pendant lequel le Roi assis sur quelque rocher
fumait silencieusement sa pipe, en regardant les montagnes.

Tous le dimanches il y avait la messe
à la chapelle du lac Miserin à l'altitude
de 2577 mètres. Tout le monde devait
s'y rendre. Le prêtre, ordinairement le
curé de la paroisse, partait de très-bon
matin de Champorcher, passait au cam-

pement pour appeler son monde, et se
rendait à la chapelle. Après la messe on
redescendait déjeuner au campement.
Ce jour là était jour de repos, à moins
toutefois que le Roi n' eût demandé
au prêtre la permission d' aller sans
suite et sans éclat faire un petit tour
dans la forêt en dessous du campement
pour y tirer quelques faisans ou quelques perdrix. Pour tous les autres le repos était absolu, et le Roi entendait que
ses batteurs fussent allés à la paroisse
pour assister à la messe ordinaire.

En quittant son campement à la fin
de la chasse, le Roi n'oubliait jamais
de faire remettre au curé une large
aumône pour les pauvres de la paroisse.
Cette aumône devait être distribuée de
bon accord entre le curé et le syndic.

Nous nous sommes beaucoup étendus
sur les détails des premières chasses de
Champorcher parce que depuis la con-

struction des routes et des maisons de
chasse les choses allèrent avec plus de
bruit et de solennité de la part des
employés. Deux mots encore, et puis
nous arriverons aux grands faits.

Le coup d'œil et la mémoire de Victor-Emmanuel étaient extraordinaires.
Le Roy n'oubliait plus et reconnaissait
de suite une figure qu'il avait rencon-
trée une seule fois ; aussi connaissait-il
tous les curés et tous ses gardes-chasse
par leur nom, et il se rappelait même
d'une année à l'autre les bouquetins
qui avaient échappé à ses coups.

En 1861, le 1er août, un jeune prêtre
montait pour la première fois à Champorcher. A un détour de la route il se
trouve face à face avec le Roi qui descendait à Bard. Lorsque on est ainsi
surpris, et qu'au reste on pense à toute
autre chose qu'à rencontrer des rois,
il n'est pas facile d'improviser un salut.

Le prêtre ne fit que se tirer sur le bord du chemin pour laisser passer la cavalcade. Le Roi se découvrit et dit gracieusement: « bonjour, monsieur l'abbé »; il lui fut sèchement répondu: « bonjour, « monsieur »; et tout fut dit.

L'année suivante le même abbé allait à la rencontre du Roi. Cette fois il salua le premier; le Roi lui tendit la main, et lui dit en riant: « il me pa- « raît, monsieur l'abbé, que vous êtes « de meilleure humeur que l'année « dernière. Comment va votre santé? « Vous plaisez-vous dans ce pays? « Vous me paraissez un peu chasseur: « venez me voir au campement. Es- « pérez-vous des beaux jours pour ma « chasse! »

Deux jours après l'abbé se rendait au campement. Le Roi vint à sa rencontre. « Eh bien, mon abbé, il pa- « raît que vous n'avez pas bien prié;

« hier je n'ai pas fait de chasse. Espé-
« rons mieux pour un autre jour. A
« propos, avez-vous diné? Prenez quel-
« que chose en arrivant. Holà, Ricci? »

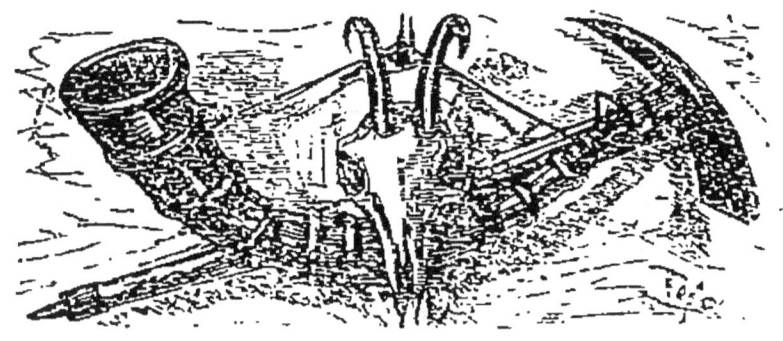

## IV.

De Naples à Champorcher — Le Prince Humbert — Les baraques de Dondenna renversées et le chapeau du Roi emporté — Le campement de Leviona — Façons un peu libres d'un locataire — La Grolla valdôtaine — Toast de V.-E.

U ne année le Roi vint directement de Naples à Champorcher. « On « m'a fait faire bien des courses « là-bas, dit-il, et je suis très-fatigué. « 'Croyez, j'avais besoin de l'air de vos « montagnes, il me fallait cela pour me « remettre. Connaissez-vous celui qui « vient après moi? c'est mon fils aîné, « Humbert. Saluez-le, dites-lui deux

« mots; il faut bien lui faire connaître
« et aimer, à lui aussi, la montagne ».

Un jour le vent fut si violent sur le
plateau de Dondenna, qu'il renversa les
tentes, dispersa les assiettes, et emporta
au loin le chapeau du Roi. Tout cela
par un temps très-froid, quelques de-
grès au-dessous de zéro. On se réfugia
comme l'on put dans les cabanes des
bergers. Le lendemain, le Roi, un fou-
lard en tête pour remplacer son chapeau qui ne put être retrouvé, racon-
tait le fait en riant et disait : « si vous
« aviez vu comme tout mon monde
« grelottait, s'affublait et soufflait ! ils
« porteront des capotes pour une autre
« année, je vous le promets. Quant à
« moi, je ne crains riens, je n'ai nul-
« lement souffert ».

Un fait du même genre se répétait
ces années dernières au campement de
Leviona sur Valsavaranche.

Le campement de Leviona, qui n'a jamais été qu'une halte fort temporaire, paraissait ne pouvoir être occupé par le Roi sans qu'il survint quelque chose de caractéristique.

Les châlets de Leviona sont une propriété de la Maison royale, et les pâturages en sont loués à un valaisan dans la partie qui ne peut en rien déranger la chasse. Les tentes se placent dans un petit plateau entre les quatre baraques qui forment les habitations du châlet.

En 1876 Victor-Emmanuel revenait de sa chasse. Il s'asseoit sur le gazon et se met à fumer. Le fruitier valaisan, ivre en ce moment d'eau-de-vie, ne fait pas plus de façons qu'avec les nombreux préfets et présidents de son canton républicain, et avec son brûle-gueule en fonction il va s'étendre de son long à côté du Roi pour tenir un moment de conversation. Victor-Emmanuel ne fit paraître aucune mauvaise humeur, et continua à fumer, en répondant même quelques paroles aux demandes et aux causeries du suisse, et en faisant signe à ceux qui voulaient faire éloigner ce trop parfumé voisin de le laisser en paix; ce ne fut que quand les occupations de la fromagerie appelèrent ailleurs le valaisan que le Roi branla la tête en souriant sans rire de la singulière façon de se comporter de son locataire,

Sur une route que le Roi devait traverser pour se rendre au campement de chasse se trouvaient réunis plusieurs hommes, dont un tenait en main un compliment qu'il devait lire. Croyant que le Roi serait passé le dernier, comme le curé va le dernier en procession, nos individus laissèrent passer toute la cavalcade, bien que le Roi se fût arrêté à leur dire quelques mots en voyant le papier solennel. A quelques minutes de distance venait le conducteur de la meute (22 gros chiens). Celui-ci avait une espèce de livrée, des galons en or ; on lui lut le compliment, puis on le lui remit en tremblant. L'année suivante Victor-Emmanuel reconnut l'homme au grand papier, et lui demanda si cette fois il reconnaissait le Roi. Comme sur une table étaient préparés quelques rafraîchissements pour lui et sa suite, et qu'en attendant les conseillers de la commune avaient sur la muraille leur coupe ou *grolla* val-dôtaine où ils buvaient à la ronde, l'enthousiasme saisit l'homme au compliment : il prend la coupe, crie « vive le Roi », et boit une solide gorgée en disant « bravo, Vittorio, eh bien ! à ta « santé, bois un bon coup ». Le Roi accepta en riant, trempa ses lèvres dans la coupe en disant : « à votre santé à

« tous, mes braves », et il continua sa route en riant de tout cœur.

Assez d'anecdotes pour le moment. Il faut que nous parlions un peu des travaux que Victor-Emmanuel fit exécuter dans la vallée d'Aoste et qui fournirent un gagne-pain à bien des familles qui souffraient et ne pouvaient émigrer.

# V.

La route de Bard à Champorcher
était autrefois quelque chose d'im-
possible. Il fallait absolument
être de ce pays-là pour savoir que le
chemin communal était quelque chose
d'indécis entre un ravin, une fondrière
et un ruisseau. En 1861 Victor-Emmanuel invita les communes intéressées à

7

contribuer avec lui pour la construction
d'une belle route, se chargeant lui-même
de la majeure partie de la dépense pour
ne pas trop gêner les finances si res-
treintes de ces communes, qui pourtant
ne contribuèrent que par des corvées.
Cette route exigea des dépenses assez
fortes au milieu des rochers et des éboulis qu'elle devait traverser ; la poudre
joua un grand rôle, et des murs d'une
grande hauteur durent être construits
sur le parcours. La route fut tracée et
faite sans qu'on eût besoin de recourir
aux formalités, aux plans et aux retards
des ingénieurs, qui à force de luxe,
d'art et d'études pour le projet, épuisent
le plus souvent les moyens d'exécution.

En 1862 cette route était déjà terminée, et l'on n'y avait employé, comme
on continua à le faire plus tard pour
les routes de chasse, que des ouvriers
du pays.

Quelques jours avant l'arrivée du Roi à Champorcher, messieurs les abbés Chanoux, Baudin et Gorret, les deux premiers de Champorcher, se firent piqueurs de pierre et gravèrent sur la montagne, au détour si difficile du Grand-Escalier, cette simple inscription latine :

Hanc apervit viam Victor Emmanuel II.
ANNO MDCCCLXII.

Il serait actuellement à souhaiter que les communes de Champorcher, de Pont Bozet et d'Hône missent plus de soins à l'entretien de cette route. Quoique les bêtes de somme ne soient pas admises dans le pays et que tous les transports se fassent comme par le passé à dos d'homme ou de femme, il est bon pourtant de savoir qu'il est plus facile de conserver que de refaire à neuf, et qu'il

n'y a pas toujours un roi chasseur pour
payer des frais qui ne seraient dûs qu'à
la négligence.

Depuis le chef-lieu de Champorcher
la route se continua aux frais seuls de
la Maison royale, sur un parcours de
deux heures, jusqu'aux châlets de Dondenna, où l'on établit le campement de
chasse. Ce campement se trouve dans
un creux gazonneux à cinq minutes au
midi des habitations des bergers.

Pendant que l'on construisait à Champorcher le tronçon de route du Char-
donney à Prariond, on dut souvent faire
jouer la mine. Les ouvriers étaient à
la journée, et non à la tâche. Le feu
venait d'être donné à trois mines fort
rapprochées. Les deux premières écla-
tent, mais la troisième paraissait éteinte;
les éclats des deux premières avaient
probablement emporté la mêche de la
troisième. Un mineur de Pont-Bozet,

malgré la défense des directeurs des
travaux, s'échappe des mains de ceux
qui voulaient le retenir; il veut aller
voir, il est vieux mineur, il a travaillé
en Sardaigne, il s'y connaît, lui. Il s'a-
genouille, se courbe sur la mine et
souffle... La mine éclate, le corps est
rejeté à vingt pas en arrière, et le crane
est emporté au haut des branches d'un
sapin...

Le pauvre ouvrier laissait une veuve
et quatre orphelins qui ne vivaient que
du travail de ses bras. La générosité
royale pourvut à cette veuve et à ces
pauvres orphelins.

En 1862 et 1863 on remplaça les tentes par une longue construction à un
seul étage, le rez-terre. Cette maison,
comme les autres maisons de chasse
que l'on construisit ensuite au Grand-
Lauzon sur Cogne et à l'Orvieille sur
Valsavaranche, forme deux parties dis-

tinctes : sur le devant il y a une suite
de chambres ou mieux de cellules, au
centre desquelles est placée la salle à
manger ; sur le derrière il n'y a que
l'écurie pour les chevaux. La cuisine
s'établit en plein air, et n'est abritée que
par un toit en planches, que l'on re-
tire après le départ du Roi.

Du campement de Dondenna part du
côté du midi un embranchement de la
route de chasse qui, remontant les gazons des Peindeints, se dirige vers la
Rouèse-Bank et le val Soana. La Rouèse-
Bank et les rochers environnants présentent çà et là de sérieuses difficultés.
Un jour le Roi dut se servir de l'aide
d'un de ses batteurs pour traverser un
pas difficile ; il n'y voyait peut-être pas
autant de dangers que son guide ; le
fait est que celui-ci lui dit tout en co-
lère : « fais donc attention, bougre d'a-
« nimal ! ». Mais il n'eut pas à se re-

*Le pas difficile*

Pag. 45.

.pentir de sa brusquerie, car il en reçut tout de même une large et royale récompense.

Un petit fait, digne pendant de celui que nous venons de raconter, c'est le suivant.

A Issogne se trouvait un vaillant chasseur du nom de Boretta. La concession des chasses de Champorcher à Victor-Emmanuel le contrariait fort. Plusieurs contraventions lui furent faites, mais le Roi lui accorda toujours sa grâce, et l'employait fort volontiers lors de ses chasses.

Un jour Victor-Emmanuel, le général d'Angrogna et Boretta, partent de Dondenna pour aller chasser sur les montagnes de Fénis. Une tempête les surprend, les torrents grossissent, et l'on se trouve à devoir en traverser un assez dangereux. Boretta retrousse son pantalon, charge le Roi sur son dos, et s'en-

gage dans l'eau. Vers le milieu du torrent, lorsque l'eau dépassait déjà le ge-
nou de Boretta, le Roi remua tant soit
peu. La position était critique, le far-
deau n'était pas insignifiant et Boretta
n'avait pas suivi un cours régulier de
politesse. Il décroche donc de son patois
un « tente su, bourich » (tiens-toi donc,
âne) et le roi lui répond : « ma salo
nen chiel che l'aso a l'è coul ca porta? »
(mais ne savez-vous pas que l'âne est
celui qui porte?) Les contretemps de
cette journée furent si nombreux que
nos trois chasseurs ne purent revenir
à Dondenna, et s'arrêtèrent au dernier
châlet de Fénis où ils mangèrent pour
tout repas une bonne polente.

L'inquiétude fut grande au campement;
le Roi ne fit retour que le lendemain
à l'heure habituelle du dîner.

Deux autres embranchements de la
route de chasse furent construits sur le

territoire de Champorcher. Ils se sépa-
rent tous les deux de la route principale à un quart d'heure au couchant du
campement pour se diriger vers le nord,
où bientôt ils se subdivisent pour aboutir, le premier par un grand nombre de
zig-zags sur la Grande-Côte au col entre
le Mussaillon et le Mont de Logne (magnifique poste pour les chamois), et le
second au col du Mussaillon, d'où il
tourne un peu à gauche pour parvenir
au Grand-Raffrey, où le Roi tua un des
plus beaux bouquetins.

Mais la route principale qui part de
Bard, et dont les autres ne sont que
des branches, a une étendue bien plus
grande. Il faudrait une carte très-dé-
taillée (1) pour la suivre et s'en faire

(1) Nous avons tâché de répondre à ce désir
de l'Auteur. La Carte routière placée à la fin
du volume donne tout l'itinéraire des chasses
du roi Victor-Emmanuel.

une idée précise. Elle part de Bard pour
longer toute la vallée de Champorcher,
arriver au col de Fenêtre, entre la tour
de Ponton et la pointe Costassa (altitude 2831 m., poste de chasse), et re-
descendre à Cogne par Peratza et le
Brouillot ; là, reprenant à la gauche du
torrent de la Nouva, elle traverse les
Teppes longues, l'entrée du vallon de
Bardonney, descend à Lillaz par les
Goilles, la Madonina de la Barme, [les
clapeys et les champs. De Lillaz à Cogne
on profite de la route communale, de
même que de Cogne au hameau de Valnontey. De Valnontey cette route remonte en zig-zags par des pentes rapides pour arriver au campement du
Grand-Lauzon (alt. 2594 m.), d'où elle
continue à s'élever graduellement par
des gazons, des éboulis et à travers des
rochers, jusqu'au col de Lauzon (altitude 3325 m., poste de chasse); de là

elle redescend par des pentes rapides
au châlet de Leviona, prend à gauche,
traverse une magnifique forêt de mélèzes, et rejoint le thalweg de la vallée
de Valsavaranche un peu au-dessus du
hameau de Maissonnasse. Elle remonte
dès lors les bords de la Savara jusqu'au
village-châlet de Pont, où elle tourne
brusquement au couchant pour atteindre
le grand plateau du Nivolet ; traverse le
col de la Grande Croix du Nivolet (alt.
2525 m.) ; redescend à Cérésole dans la
vallée de l'Orco; traverse les rochers du
Scalare, et atteint Noasca, où elle se
fond avec la route provinciale du val
Locana. Grâce à cette route, Victor-Emmanuel pouvait suivre toutes ses chasses aux bouquetins, soit en y entrant
par la vallée d'Aoste, soit en y arrivant
par Cuorgné, Pont Canavese et la vallée
de l'Orco.

Après l'acquisition du château de Sarre

on a aussi construit ou amélioré, avec
le concours des communes intéressées,
la route communale de Villeneuve à
Valsavaranche.

Deux mots encore sur les nombreuses
branches qui furent greffées sur cette
longue tige.

Du Brouillot (alt. 2450 m.) une route
va au col de la Nouva (alt. 2947 m.)
par la côte de Gratton, et une autre
dans le vallon des Eaux-Rousses pour
atteindre le passage du Rancio au pied
de la Lavina (alt. 3330 m.).

De l'entrée du vallon de Bardonney
se détache un tronçon qui longe ce vallon pour se diriger vers le col du même
nom (alt. 2950 m.), entre la Lavina et
les pointes des Fourches et des Singies
ou Singles.

A Lillaz se détache le grand embranchement qui longe toute la triste et dé-
solée vallée de Valeiglie pour aboutir

au creux du Grand-st-Pierre, riche poste
de chasse pour les bouquetins. Le poste
royal se trouve tout-à-fait au pied de
l'immense cirque de glaciers qui ferme
la vallée entre le Grand-st-Pierre (alt.
3674 m.), le pic d'Ondezana, et les sommités abruptes des Singies.

De Valnontey se détache une autre
grande branche qui longe la vallée
jusqu'au pied du glacier de Grand-Crou
et envoie deux rameaux, l'un vers le
Money et l'autre sur les pentes rapides
de l'Herbetet, au pied des immenses
glaciers du Grand-Paradis. Les tentes se
plaçaient, lors de la chasse de l'Herbetet,
à une altitude approximative de 2500
mètres.

A mi-chemin entre le col de Lauzon
et Leviona se détache un bras de route
qui dépasse le châlet supérieur de Leviona et se prolonge jusqu'au pied du
glacier, à la base de la pointe élancée

de l'Herbetet (alt. 4000 m.), et l'on peut rejoindre Cogne par le col de l'Herbetet (alt. 3122 m.).

De Provioux en dessous de Pont de Valsavaranche part la route qui se dirige par la forêt à Laonsqueour ou Montandeny (l'eau obscure) et Lavassey. De Pont se détache celle de Mont-Corvé.

Toutes les routes depuis Valnontey aboutissent aux pieds du Grand-Paradis (alt. 4178 m.), qu'elles cerclent.

De Cérésole et de Noasca se détachent aussi des embranchements ; ils viennent se perdre aux pieds des glaciers du Grand-Paradis. Le plus important est celui qui longe la vallée de Noaschetta pour aller se perdre, au dessus de la Bruna et de la Motta, aux pieds des glaciers du Guoj près du Der-Verd.

La route qui part de Villeneuve pour

aboutir au campement principal de l'Orvieille mérite également d'être remar-
quée. Un bras considérable s'en détache, avant d'arriver au chef-lieu, pour
remonter le vallon rapide et sauvage de
Bocconère qui aboutit aux pieds de la
Grivola et du Nomenon. C'était une
des battues de chasse des plus riches,
mais aussi des plus fatigantes et péril-
leuses.

Deux routes conduisent au campement de l'Orvieille. L'une, la dernière
construite, se détache de la grande ar-
tère à Clin et se rend au campement
par la forêt; le Roi la fit construire
pour arriver à son campement sans
être trop vu et sans déranger trop de
monde. La seconde va jusqu'au chef-
lieu, traverse la Savara, et s'élève par de
longs zig-zags au couchant jusqu'au plateau où se trouve le campement, à plus
d'une heure de distance de l'église.

De ce campement, véritable capitale des chasses au bouquetin et séjour de prédilection de Victor-Emmanuel, se détachent les routes qui vont par les pâturages de Giuin ou Dzouan au col d'Entrelavi sur les Rhêmes et au Nivolet par le passage de la Grand-Vaudalla, et celles qui montent les pentes et les couloirs de la Bioula, où les postes de chasse se trouvent à l'altitude de près de 3300 m.

Il nous faudrait ici décrire tout au long ce fameux campement de l'Orvieille; mais comme ce récit prend des proportions inusitées, nous dirons seulement que toutes les maisons de chasse de montagne, tant celle de l'Orvieille que celle de Lauzon, sont sur le modèle de la première de Champorcher, sauf un peu plus de dimension et de luxe.

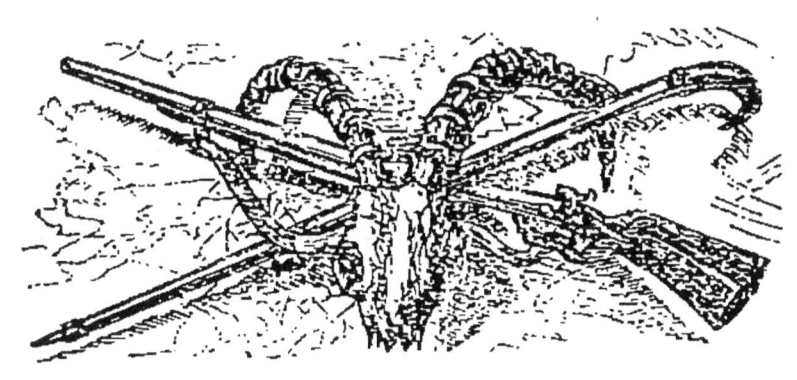

## VI.

*Le château de Sarre — La Tour de Cogne —*
*Brusque déplacement de l'Observatoire Car-*
*rel — Lignes télégraphiques à l'usage de*
*V.-E. — Organisation des Gardes-chasse et*
*des Batteurs — Gains et profits des Valdô-*
*tains dans les travaux ordonnés par V.-E.*
*— Aumônes et largesses du Roi.*

En 1869 le Roi fit l'acquisition du
beau château de Sarre pour avoir
dans la vallée centrale un pied-
à-terre. En 1870 ce château fut res-
tauré et la tour rehaussée. La grande
salle est toute tapissée de trophées des
chasses royales; c'est là qu'on voit les
plus grandes et les plus belles cornes de

9

bouquetins. De la dernière chambre au sommet de la tour on jouit d'une vue incomparable sur la vallée d'Aoste. Combien cette position serait avantageuse pour un Observatoire!

En 1874 le Roi acheta aussi et fit restaurer à Cogne la vieille tour seigneuriale des évêques d'Aoste, à laquelle il fit adjoindre une aile qui peut contenir une trentaine de chevaux. Cette tour appartenait en dernier lieu à la fabrique de l'église de Cogne. M. l'archiprêtre Chamonin, l'ayant faite restaurer, la destinait à une salle d'asile et à une espèce de refuge pour les enfants pauvres qui abondent à Cogne. Les lois de conversion des biens ecclésiastiques en disposèrent autrement, et le Roi l'acheta en propriété. Au sommet de la tour se trouvait l'Observatoire météorologique établi à Cogne par M. le recteur Carrel. Les employés des chasses, se trouvant peut-être embarrassés dans

leurs vues, ordonnèrent à M. Carrel de
déloger avec tous ses instruments, au
risque de les gâter et même de les briser
par le déplacement, d'autant plus qu'il
n'y avait d'autre local convenable pour
les replacer. Ne voulant pas interrompre
la régularité des observations qu'il envoyait par correspondance au Ministère
de l'agriculture, de l'industrie et du
commerce, M. Carrel plaça provisoire-
ment ses instruments dans un fénil ou
une *foinière* appartenant à la maison
rectoriale, où ils sont encore, et les observations s'y poursuivent régulièrement.

Victor-Emmanuel apprenant, au moins
en partie, ces détails de déplacement,
fit remettre la somme de mille francs
à M. Carrel, avec promesse de lui continuer sa protection.

On est étonné en dessus d'Aoste de
voir *trois fils télégraphiques*, tandis
qu'on n'en voit qu'un d'Ivrée jusqu'à

Aoste. Deux de ces lignes passent d'abord au château de Sarre, puis l'une s'avance jusqu'à la tour de Cogne et l'autre aboutit au campement de l'Orvieille à Valsavaranche. Victor-Emmanuel fit établir ces deux lignes pour se tenir au courant des affaires pendant le temps de ses chasses, et chaque jour il passait quelques heures avec son télégraphiste pour les correspondances. Chaque jour aussi un exprès partait du campement et venait jusqu'au château de Sarre ; de là un autre exprès descendait à Aoste pour prendre la poste, et remontait à Sarre, d'où repartait immédiatement pour le campement le premier postillon.

Nous devons maintenant faire et donner des chiffres ; mais tout sera dit en peu de lignes.

Il y a une cinquantaine de gardes-chasse sur la réserve royale des mon-

-tagnes valdôtaines ; chaque garde reçoit soixante francs par mois, plus deux habillements par an, l'un pour l'été, l'autre pour l'hiver ; il y a l'augmentation graduelle de dix ou douze francs par mois pour les grades de caporal et de sergent. Ces gardes-chasse sont à peu près tous en service dans la localité de leur domicile et peuvent par conséquent vivre en famille ; en cas contraire, la Maison royale paye le loyer de leur logement.

Pendant que le Roi était à ses chasses, les batteurs recevaient dix francs par jour les jours de travail, et cinq francs les jours de repos ; ils étaient quelquefois au nombre de deux cents. A Valsavaranche on avait un peu pris l'habitude de faire des dettes le long de l'année, en se réservant de les payer lorsque Victor-Emmanuel serait venu à la chasse.

Nous avons parlé de la route de chasse et de ses ramifications. Ce travail a coûté des sommes assez lourdes. Sans revenir sur les routes de Bard à Champorcher et de Villeneuve à Valsavaranche, lesquelles servent toute l'année et sont d'une utilité publique incontestable, ni de celles du col de Fenêtre, du col de Lauzon et du col du Nivolet, qui servent à mettre en communication différentes vallées et peuvent aussi s'appeler d'utilité publique, nous donnerons une idée de l'argent dépensé dans le pays, et qui est resté dans la vallée, pour quelques tronçons seulement, qui sont regardés par certains individus comme des objets de dépense toute personnelle et superflue. La route de Valeiglie a coûté approximativement 8000 francs, celle du Bardonney 12000, celle de l'Herbetet 14000, celle de Mont-Corvé 9500, celle de Bocconère environ 30000 francs. Ajoutons à ces chiffres le montant des journées pour les réparations de chaque année, nécessitées par les dégâts de la neige, des avalanches, des dégels, et par l'inconsistance du terrain; ajoutons les dépenses de construction des maisons de chasse à l'Orvieille, au Lauzon, à Dondenna et au Nivolet; et quoique les ouvriers n'eussent reçu en moyenne que des journées variant entre 1,50 et 3 francs, nous arrivons à une somme considérable, qui se dépensait dans la vallée et se gagnait par des Valdôtains. Ajoutons aussi la part pour laquelle Victor-Emmanuel est entré dans des circonstances particulières: l'orgue de Cogne, les digues contre le torrent d'Urtier à Lillaz, l'église neuve de Verrayes, celle de Valgrisanche, les cloches de Champorcher, le clocher de Villeneuve, les incendiés d'Arpuille, les sommes laissées pour les pauvres à son départ (500 fr. d'un côté, 500 fr. de l'autre), les aumônes au campement, les suppliques accueillies

(dont le nombre s'éleva une année à plus
de 4000), et tant d'autres aumônes qui
n'ont jamais été consignées, mais dont
Dieu aura certainement tenu bon compte;
et vous verrez combien fut précieux et
bienfaisant le séjour de Victor-Emmanuel au sein de nos Alpes.

## VII.

*Entrevue de l'Auteur avec le Roi — Tenue de chasse de V.-E. — Ses égards pour le petit monde — Sa familiarité.*

oici un fait tout personnel. En 1874 je montais à Valsavaranche pour remercier Victor-Emmanuel des mille francs donnés à l'Observatoire météorologique de Cogne. Je rencontre le Roi au bas du bois de Clin; il venait d'abattre pour clôture de ses chasses un magnifique bouquetin, plus gros encore de celui

10

qu'on voit à la salle du Club alpin
d'Aoste. La bête gisait toute fumante
encore aux pieds du Roi ; entouré de
gardes et de batteurs, il examinait le
superbe animal, supputait son âge, et
jugeait de la bonté et de la direction du
coup. Je l'aborde comme on abordait
Victor-Emmanuel en montagne, c'est-
à-dire sans façon, et le félicite de sa
chasse. Je suis fort bien reçu, je m'ac-
quitte de la commission que j' avais,
et le Roi me dit ensuite: « je dois
« partir immédiatement, j'ai besoin de
« vous parler. Tenez votre chapeau ;
« couvrez-vous, et faites deux pas avec
« moi jusqu'au chemin où je monterai
« à cheval. Nous causerons en route ».
Le Roi voulait me demander si je con-
naissais une race de chiens qui devait
exister en Suisse et dont l'espèce devait
être plus grande que celle des chiens
si célèbres du Grand-st-Bernard. Il te-

nait à savoir cela. Ayant puis témoigné
le désir de me prouver sa bienveil-
lance, je me rappelais une femme octo-
génaire qui avait connu des jours heureux et qui ne prolongeait alors son
existence qu'à force de privations et de
misère, C'était ma voisine. Le Roi me
fit aussitôt remettre une somme pour
cette femme. Quand je la lui consignais,
la pauvre femme venait d'emprunter
quatre sous pour acheter du bois ; elle
se mit à pleurer de joie, en m'assurant
qu'elle aurait prié et bien prié pour son
illustre bienfaiteur.

Comme nous avons dit, Victor-Emmanuel aimait la vie de la montagne.
Sa tenue était celle d'un vrai chasseur,
la plus simple à peu près de toutes.
D'abord il portait le grand chapeau ca-
labrais , mais ces dernières années il
ne portait habituellement qu'un bon-
net ou calotte arménienne, ce qui pré-

sentait moins de prise aux coups de vent.

Le Roi était d'un abord extrêmement facile, même familier. Aussi il fallait voir avec quel air de satisfaction ceux qui avaient pu l'aborder disaient ensuite : « au moins avec lui, patience, « il se laisse parler, on peut s'expli-« quer, et il donne raison quand on a « raison ». Lorsque les paysans éprouvaient des retards dans le payement de leurs provisions à la maison du Roi, ou des réductions injustes de la part de quelques employés des chasses, ils obtenaient bien vite raison en leur disant : « eh bien, je le ferai savoir « au Roi ».

En 1876 un français, un des membres les plus distingués et les plus sympathiques du Club alpin de Lyon, M. Ferdinand Raymond, voulut en passant à Valsavaranche aller visiter le campement royal avant de se rendre à l'installation de l'Observatoire météorologique de Cérésole. Il fut reçu et s'entretint avec le Roi quelques instants. Il ne pouvait revenir ensuite de cette affabilité, de cette franche cordialité avec laquelle Victor-Emmanuel lui avait serré la main et l'avait entretenu. Le jour suivant le Roi envoyait un de ses chasseurs à Cérésole y porter pour le banquet de la réunion un quartier de bouquetin, fruit de sa chasse.

## VIII.

*Rigueur du Roi pour les mesures de conser-*
*vation du bouquetin — Le Syndic de Valsa-*
*varanche, son ami, refuse une décoration*
*— Les employés des chasses — Petites mi-*
*sères — Caractère des Valdôtains — Leur*
*attachement au Roi — Leur fidélité à la*
*Maison de Savoie.*

**P**our la conservation de l'espèce des bouquetins, puisqu'il nous faut revenir à notre point de départ, il y avait au campement une discipline sévère et une punition d'ignominie pour le chasseur qui aurait tiré une femelle ou *étagne;* les

mâles adultes étaient seuls l'objectif de
la chasse.

Encore un petit fait de l'affabilité et
de la *bonhomie* de Victor-Emmanuel
avec les paysans. Le Roi voulut un
jour décorer de l'ordre de la Couronne
d'Italie le bon vieux syndic de Valsavaranche, qui était si heureux de se dire
le *Syndic du Roi.* Le syndic refusa
par un « merci, monsieur le Roi »
dans son bon et simple patois ; et
comme le Roi insistait, — « non, à nous
« autres paysans cela ne convient pas,
« c'est pour les habits fins cela » —
« Mais quand c'est le Roi lui même qui
« vous l'offre ! » — « C'est égal, c'est
« tout un, monsieur le Roi, nous au-
« tres paysans nous avons besoin de
« travailler, et avec cette décoration il
« faut faire les messieurs. Nous ne
« pourrions pas vivre en monsieur ».
Le Roi apprécia ces raisons et fit par-

venir au syndic un taureau et des gé-
nisses de la plus belle espèce avec
quelques moutons d'une magnifique race.
Cette fois le syndic ne fut pas si déli-
cat, il accepta avec plaisir.

Les employés des chasses n'ont pas
toujours suivi pour les manières et les
égards les exemples que donnait leur
maître. Ne connaissant peut-être pas assez le caractère des habitants de nos
montagnes, ou s'oubliant, ils ont parfois
abusé de leur position ; et pas toujours
on a réparé des torts qu'une déplorable
discrétion laissait ignorer au Roi. Nous
avons eu quelquefois l'honneur de parler
à Victor-Emmanuel et de lui exposer sans
hésiter les petites misères que nous con-
naissions sur le service des chasses. Il
nous dit un jour : « mais pourquoi ne
« m'avez vous pas écrit cela ? Je n'en
« savais rien. J'y mettrai bon ordre ; et
« si vous venez encore à apprendre

11

« quelque chose, de grâce, écrivez-le-
« moi. *Je ne veux et je n'entends ab-*
« *solument pas que mes bons paysans*
« *aient occasion et motif de se plaindre*
« *de moi ou à cause de moi* ».

Qu'on nous dise maintenant si les
Valdôtains n'avaient pas raison d'aimer,
et s'ils n'ont pas le droit de pleurer
leur bon roi Victor-Emmanuel !

Encore deux mots. Victor-Emmanuel
était notre plus fort appui, notre plus
puissant protecteur, notre plus solide
colonne pour le rêve caressé et chéri de
la vallée d'Aoste, LE CHEMIN DE FER...
Heureusement qu'une bonne lettre de
son auguste Successeur a ravivé notre
espoir : nous aimons croire que Ministère
et Parlement se mettront une bonne fois
d'accord et ne consentiront pas qu'une
autre session se passe sans que la loi de
notre voie ferrée soit adoptée.

Victor-Emmanuel connaissait nos traditions, il avait un soin particulier de parler aux Valdôtains leur langue maternelle, la langue française. Les Valdôtains appréciaient immensément ces égards, car les montagnards sont dévoués, fidèles, ténaces; les traditions et les usages pour eux sont sacrés, et l'on n'y touche pas impunément. Rompez avec une tradition et vous ébranlez tout l'édifice. Or la fidélité à la Maison de Savoie et l'usage de la langue française pour manifester leur attachement, lorsqu'ils ne sont pas appelés à le sceller de leur sang, sont deux traditions contemporaines ; qui ont toujours marché de front à travers les siècles de notre histoire et qui demandent de continuer à marcher de front. Victor-Emmanuel savait tout cela et les Valdôtains ont su qu'il le savait. Combien ne doivent ils pas regretter ce Grand Roi !

# SOUSCRIPTION DES CHASSEURS

## POUR UN MONUMENT

### A

# VICTOR-EMMANUEL II

### DANS LA VALLÉE D'AOSTE

———

*Cette souscription, qui a déjà recueilli, avec le concours de la ville d'Aoste, des Communes de la Vallée, et des chasseurs de l'Italie, la somme de 17,000 francs, est ouverte à Aoste près du Comité promoteur, auquel on peut faire parvenir le montant de chaque souscription (accompagnée du nom et de la résidence du souscripteur) par le moyen d'un Bon sur la Poste (Vaglia) adressé à M. PIERRE ALEXIS PERROD, Caissier du Comité, Aoste.*

———

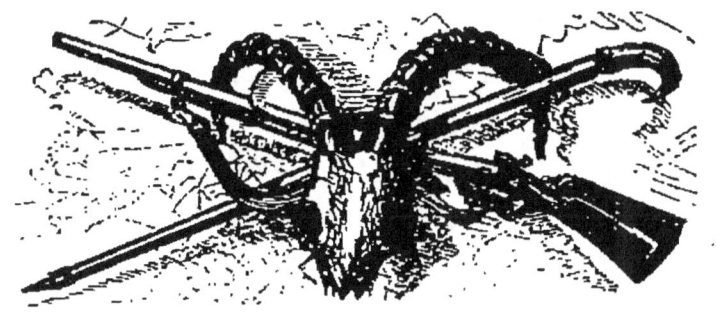

# APPENDICE

## QUELQUES MOTS

# SUR LE BOUQUETIN

par Benvenuto Comba (*)

Nous pensons être agréable aux lecteurs de la Chasse illustrée en leur faisant connaître une fort intéressante brochure publiée dernièrement à Turin par

(*) Extrait du Journal *La Chasse illustrée*, 10e Année, n° 4.

*notre ami M. B. Comba, et qui a pour titre :* Poche parole sugli Alpinisti, sullo Stambecco e sul Camoscio. *M. Comba dirige depuis plusieurs années les grands essais d'acclimatation de gibiers étrangers et d'élèves des gibiers alpestres que fait S. M. le Roi d'Italie dans son parc de la Mandria. Nul ne les connaît mieux que lui ; il les observe tous les jours, et il a déjà consacré au wapiti, au nylghau, de curieuses notices pleines d'utiles renseignements. Nos lecteurs se rappellent aussi que nous lui avons dû d'excellentes études sur la nourriture des cerfs et sur l'élevage des faisans. La brochure qui vient de paraître contient une étude du bouquetin. Ce beau gibier de montagne est devenu si rare que peu de chasseurs le connaissent et qu'on nous saura gré de traduire ce qu'en apprend M. Comba.*

« .... Le bouquetin d'Europe (*capra ibex*, Linn.; *hircus ibex*, Briss.) ne se trouve plus nulle part en Europe, si ce n'est dans le massif alpestre connu sous le nom de *Grand-Paradis* et, par exception, sur quelques sommets du voisinage.

« Son poil est assez court et rude, recouvert par une espèce de laine épaisse, très-douce, très-fine, quelque peu frisée, qui tombe vers le milieu de juin. L'animal est d'un gris roux plombé, couleur qui varie du reste suivant l'âge, la saison, le sexe; le dessous du corps est blanc. Une ligne marron part de l'occiput et va jusqu'à la queue, qui est courte et noire en dessus; cette ligne n'est plus marquée sur le pelage d'hiver.

« Une ligne d'un brun sombre court le long des flancs; le dedans des cuisses est blanc sale.

« Sous le menton les poils s'allongent

de quelques centimètres, formant une
espèce de barbe très-courte. Il arrive
quelquefois, et seulement dans de vieux
sujets, que quelques poils se trouvent
là réunis, qui s'allongent jusqu'à douze
ou treize centimètres; mais il n'y en a
jamais beaucoup, et, pour moi, ce n'est
nullement un des caractères de l'espèce,
quoique beaucoup d'auteurs se soient
imaginé que le bouquetin a une grande
barbe bien fournie, comme beaucoup de
dessins la lui donnent à tort. Ce bou-
quet de poils, au contraire, est rare chez
le bouquetin, et l'individu qui le pos-
sède a le droit d'en être fier: c'est un
privilége peu commun!

« Cette erreur s'était singulièrement
propagée, jusqu'au moment où Meipe-
ner la combattit, démontrant que le
vieux bouquetin lui-même n'a point de
barbe. Quelques poils, en effet, plus
longs que les autres ne suffisent pas à

constituer celle que les anciens écrivains
lui assignent. Le bouquetin figuré dans
Gessner est trop mal dessiné, et du reste
l'auteur convient qu'il n'a pas vu cet animal, quoiqu'il fût, de son temps, beaucoup plus commun qu'aujourd'hui. A en
juger pourtant d'après cette planche, on
croirait que le bouquetin est un animal
bien barbu.

« Les bouquetins de Ridinger sont
tous ornés d'une grande barbe. Dans
l'*Histoire des mammifères de la Suisse*
(Schinz et Romes. Zurich 1809) le bouquetin adulte porte une barbe, mais elle
n'a guère que deux pouces. Girtanner
donne au sien une barbe démesurée, et
Berthoud de Berchem assure en avoir vu
une à celui qu'il a observé en captivité
à Aigle. A mon avis, tous ces auteurs
ont été trompés par le poil d'hiver (*).

(*) Peut-être aussi ont-ils pris des mouflons
barbus pour des bouquetins, ou bien ont-ils été

12

« Les cornes du bouquetin sont aplaties sur les côtés, arrondies par derrière, et présentant des renflements en anneaux sur la partie antérieure. Leur couleur est plus ou moins foncée, souvent mêlée d'un blanc jaunâtre. Plusieurs auteurs ont exercé leur imagination sur l'emploi de ces cornes; ils ont prétendu qu'elles atteignaient une longueur d'un mètre, et même plus. D'autres les ont fait servir à la locomotion! On en disait autant du chamois (*). Il faut croire que ces bons auteurs n'en avaient jamais vu de vivants.

« Sur plus de deux cent paires de cor-

trompés par des souvenirs peu exacts, jusqu'à confondre les deux animaux.

*Note du Traducteur.*

(*) Tout le monde connaît la fabuleuse histoire du bouquetin, du chamois sautant, la tête la première, dans les précipices, pour tomber sur ses cornes et rebondir ensuite sur ses pieds.

*Note du Traducteur.*

nes que j'ai examinées, les plus belles
m'ont donné les mesures suivantes :

« moyenne d'âge des animaux, 15 ans;

« arc antérieur des cornes suivant une
courbe tangente aux annelures, $0^m,82$;

« arc intérieur où la courbure est lisse,
$0^m,65$;

· « mesure de la droite menée du centre
de la circonférence de base à la pointe,
$0^m,56$;

« circonférence de base, $0^m,27$;

« nombre moyen des annelures, 31.

« Comme on le voit, ces chiffres sont
loin de confirmer les descriptions faites
jusqu'ici de notre animal, descriptions
généralement copiées les unes sur les
autres, ou enjolivées de fabuléux détails
par l'imagination de l'auteur.

« Il n'y a pas besoin de grands discours pour découvrir l'usage de ces cornes: la nature le montre sans ombre de
mystère. Elles servent au bouquetin,

comme à tous les animaux qui en ont,
à défendre sa vie, à conquérir les femelles, et à les protéger pendant la
saison des amours.

« Autrefois on comptait l'âge de l'a-
nimal d'après le nombre des annelures;
beaucoup de gens, encore maintenant,
font ainsi, et Tschudi l'indique. C'est
une erreur; l'âge se compte par des cercles qui, à chaque deux nœuds ou annelures, font le tour de la corne et mar-
quent sa croissance annuelle. Chaque
cercle compte donc pour une année. En
y regardant bien, même sans une grande
expérience, on détermine l'âge de la bête
avec assez de précision. Seulement il faut
tenir compte de l'anneau de la base et de
celui de la pointe, qui souvent est à
peine visible, vu l'usure de cette partie.

« La distance entre les cercles dépend
de l'abondance plus ou moins grande
dans laquelle vit l'animal. Par exemple,

il y a des montagnes où les bouquetins
ont les cornes minces et courtes, à nœuds
très-rapprochés, et où les cercles sont
près l'un de l'autre ; c'est que le pâtu-
rage est maigre et peu abondant. D'autres, au contraire, où la nourriture est
riche, présentent des animaux dont les
cornes sont bien développées, la circonférence large, les nœuds prononcés, et
les cercles annuels éloignés les uns des
autres.

« Par exception, et seulement sur quelques montagnes, les cornes sont très-
écartées et présentent beaucoup de renflements, jusqu'à quatre par an, mais
alors peu prononcés. J'en reparlerai dans
une *Monographie des cornes.*

« Les femelles ont les cornes courtes
et n'ont jamais sous le menton cette pin-
cée de poils qu'on a pris pour la barbe
du mâle. Elles vivent en petits groupes
conduits pendant la saison des amours

par un mâle, qui remplit le rôle de
guide et de défenseur.

« Notre bouquetin, anciennement, était
répandu sur beaucoup de montagnes en
Europe ; mais on l'a tellement chassé
qu'il n'existe plus aujourd'hui que dans
la vallée d'Aoste, où la protection du
Souverain s'étend sur lui. Heureuse protection ! car, si Sa Majesté ne le faisait
garder avec le plus grand soin, les pro-
hibitions légales eussent été impuissan-
tes à le sauver, et il serait devenu encore plus rare; probablement même il
aurait disparu.

« En général, le bouquetin habite une
zone plus élevée que celle du chamois.
Sans être aussi gracieux que lui, il ne
manque pas d'élégance; il a l'œil vif et
brillant, l'oreille courte, mobile, la dé-
marche fière et assurée.

« Vivant comme suspendu dans des
lieux inabordables, voisins des glaces

éternelles, il semble n'avoir aucun en-
nemi. Cependant il est toujours en garde;
sa vue et son odorat, tous deux d'une sen-
sibilité extrême, l'avertissent du moindre
péril, et on le voit sans cesse en éveil
comme s'il allait être attaqué. Perché en
sentinelle sur la pointe d'un roc, le nez
tourné vers le vent, il veille, tandis que
ses compagnes paissent tranquillement.
Leur nourriture consiste en graminéese
quand il s'en trouve, et en feuillage de
saule alpestre, de bouleau nain, et de rho-
dodendron. Faut-il fuir? le mâle donne
le signal, puis part le dernier. En fuyant
au travers des précipices, son coup d'œil
est d'une promptitude et d'une sûreté
merveilleuses, ses mouvements rapides
comme l'éclair, sa force, son élasticité
telles, qu'il s'arrête instantanément, au
milieu d'une course vertigineuse, sur une
pointe de granit ou sur une pente à pic.
Il saute de vingt ou trente pieds de haut

sur une tête de roche où ses quatre pieds
tiennent à peine, y reste en équilibre une
seconde, puis saute sur un autre pic à
côté ou au-dessous. Le bouquetin sent
le chasseur bien avant d'être aperçu de
lui, et sa fuite est aussi prompte que la
pensée et que le regard.

« La saison des amours est au milieu
de décembre et en janvier. Les petits
viennent au monde dans les derniers
jours de mai ou au mois de juin.

« On sait depuis longtemps que le bouquetin des Alpes centrales, qu'on appelle
encore bouquetin de Suisse et qui maintenant n'existe plus qu'ici, s'accouple fa-
cilement avec la chèvre domestique, et
que leurs bâtards sont féconds, ce qui
prouverait encore l'étroite parenté des
deux expèces. On connaît les métis féconds qui furent ainsi obtenus à Berne
quand on voulut acclimater de nouveau
ce bel animal dans les montagnes suisses.

« A ce propos, une remarque. Les
mâles ainsi obtenus, comme j'en ai eu la
preuve dans le parc royal de la Mandria,
sont de plus grande taille que le bouquetin lui-même, tandis que les femelles
conservent la taille et la figure générale
du bouquetin de leur sexe, quoique nées
de chèvres communes.

« Les naturalistes théoriciens ne se sont
pas accordés sur le nombre d'espèces qui
forment le groupe des bouquetins ; cependant, en général, on les ramène à
sept :

« le bouquetin des Alpes (*capra ibex*),
autrefois répandu sur tout le massif cen-
tral de l'Europe, maintenant seulement
conservé sur le Grand-Paradis d'Aoste ;

« le bouquetin des Pyrénées (*capra
pyrenaica)*, vivant sur les Pyrénées espa-
gnoles, dans la Sierra de Ronda, et dans
les montagnes de Grenade ;

« le bouquetin de Sibérie (*capra Pal-*

13

*lasii)*, habitant des montagnes de la Sibérie, de la Tartarie, du Kamtschatka ;

« le bouquetin du Caucase *(capra caucasica)*, qui vit sur la chaîne du Caucase et sur les plus hautes cimes de l'Asie centrale et méridionale ;

« le bedden *(capra arabica)*, dans les montagnes de la Nubie et de l'Égypte supérieure ;

« le bouquetin d'Abyssinie *(capra Welie)*, dans les montagnes qui entourent la mer Rouge à l'est et à l'ouest. Très-voisin du précédent, il en a été considéré par Ehrenberg comme une simple variété. Cependant il en diffère assez pour former une espèce ; Ruppell a indiqué tous les caractères qui les distinguent. Il habite les monts d'Abyssinie jusqu'à la limite des glaciers ;

« le jhaval *(capra kemas)*, dans le Nepaul, sur l'Himalaya ;

« l'égagre *(capra œgagrus)*, sur les

monts du pays des Ossètes et des Ka-
schètes, aux sources du Kouban, du Té-
rek, et sur les collines désertes de Laar
et du Khorassan. C'est lui qui, d'après
Pallas, est l'ancêtre des chèvres domes-
tiques.

« A ces espèces Schinz ajoute encore :

« la chèvre à cornes calleuses (*capra
tubericornis*), qui habite la province de
Jemlah, en Inde, vers les sources du
Sargen et du Sampor, dans les ramifications de l'Himalaya ;

« la chèvre d'Amérique (*capra ame-
ricana*), qui vit dans les montagnes Ro-
cheuses ;

« la chèvre de Crète (*capra cretensis*),
dont l'existence comme espèce peut encore être mise en doute.

« Ainsi le type *bouquetin* se retrouve
sur toutes les plus hautes montagnes de
la terre, modifié dans le détail pour s'a-
dapter à chaque milieu. »

*M. Comba termine son étude en pro-
mettant de nous donner l'histoire de l'acclimatation du bouquetin à la Mandria,
acclimatation commencée en 1862 et aujourd'hui plus que réalisée.*

*On le voit, l'étude que nous avons tra-
duite est complète ; c'est une vraie monographie du bouquetin des Alpes. La brochure contient encore une courte étude
du chamois ; mais elle a moins d'impor-
tance, car l'animal est plus connu. Re-
mercions donc M. Comba des renseignements si complets qu'il nous a donnés
sur le bouquetin des Alpes et du soin
qu'il a mis à relever les erreurs répan-
dues sur le compte de cette espèce. Attendons enfin les autres travaux qu'il
promet sur cette question intéressante
pour lé chasseur et le savant, et qu'il
traite avec la double autorité d'un naturaliste pratique et d'un acclimatateur
éminent.*

H. DE LA BLANCHÈRE

# TABLE

---

TABLE     103

TURIN — V. BONA, Impr. de S. M.

# VALLÉE D'AOSTE.

Echelle de 500,000

—— Route de chasse

F. Casanova, Editeur Turin

Lit. B. Marchisio e Figli

# F. CASANOVA

LIBRAIRE DE S. M. LE ROI D'ITALIE
ET DE S. A. R. LE PRINCE DE SAVOIE-CARIGNAN

*TURIN — Rue de l'Académie des Sciences — TURIN*
*(Place Carignan)*

## GUIDE ILLUSTRÉ
### DE LA
# *VALLÉE D'AOSTE*

PAR MM.
L'Abbé **AMÉ GORRET**
Membre honoraire du Club Alpin Italien
et le Baron **C. BICH**
V. Président de la Section Valdôtaine du C. A. I.

**Ouvrage illustré de 85 gravures et d'une carte**
Un vol. in-12° de 450 pages, 1877 — Prix 5 francs.
Relié en toile — Prix 6 fr.

# TURIN ILLUSTRÉ

## GUIDE DESCRIPTIF, HISTORIQUE ET ARTISTIQUE
PAR **A. COVINO**

Deuxième édition. Un vol. in-12° illustré de vignettes
et d'un plan de la ville. 1879. — 2 fr. 50.

**A. Gorret** et **C. Bich.** — *Guide de la Vallée
d'Aoste.* Un vol. in-12° illustré de 85 vignettes et d'une
carte, 1877. (Legato in tela L. 6) . . . . . . . L. 5

— *Victor-Emmanuel sur les Alpes.* Notices et souvenirs. Ornés de croquis par CASIMIR TEJA, d'un portrait en photographie et d'une carte. Deuxième édition
considérablement augmentée. 1879 . . . . . . L. 2

**L. Clavarino.** — *Le Valli di Lanzo.* Un vol. in-12°
con carta topografica . . . . . . . . . L. 1 50

**A. Covino.** — *Panorama delle Alpi e i dintorni di
Torino,* col *Panorama della cerchia Alpina* disegnato
dal Monte dei Cappuccini da E. F. Bossoli. Un vol.
con 22 incisioni e 2 carte geografiche . . . . L. 4

— *Torino,* descrizione illustrata. Un volume L. 2
Edizione francese: L. 2 50.

— *Guida al Traforo del Cenisio* — *Da Torino a
Chambéry* (3ª ediz., coll'aggiunta del viaggio da
Chambéry a Parigi, Lione e Ginevra). Un vol. in-12°,
con 30 incisioni e 5 carte. . . . . . . . . L. 3
— Ed. Francese, L. 3 50 — Ed. Tedesca, L. 6 50.

— *Alcune Ore in Torino.* Breve Guida ad uso dei
forestieri. Un vol. in-18°, con incisioni e pianta.
Terza ediz., 1878 . . . . . . . . . . . L. 1
Edizione francese: L. 1.

**G. Garelli.** — *La cura termale in Acqui.* Guida
per i medici e per i balneanti. Un vol. in-18° con
carta topografica, 1877 . . . . . . . . . L. 2

**E. Lace.** — *Cenni sulle terme di Valdieri.* Un
vol. in-18° con carta topogr., 1878 . . . . . L. 2 50

**C. Rabajoli.** — *Guida alle Terme di Vinadio.* Un
vol. in-18° con carta geog., 1877 . . . . . . L. 1 50

Quatrième édition augmentée.

*Guide au Tunnel du Mont - Cenis*

DE

# TURIN A CHAMBÉRY

ou

## LES VALLÉES DE LA DORA RIPARIA ET DE L'ARC

ET

## LE TUNNEL DES ALPES COTTIENNES

suivi de la continuation du voyage

**jusqu'à Paris, Lyon et Genève**

PAR

## A. COVINO

Un volume in-12° avec 5o vignettes et 5 cartes

Prix fr. 3,5o.

Édition italienne fr. 3. — Édition allemande fr. 6,5o.

# GUIDA ITINERARIO PER LE ESCURSIONI

### nelle Valli dell'Orco, di Soana e di Chiusella

per

## L'Avv. VACCARONE e L. NIGRA

Un vol. in-18° con carta corografica, 1878. — L. 2 50.

# UN VIAGGIO ALLE INDIE

descritto da

## A. COVINO

*Professore di Geografia nell'Istituto Tecnico di Torino.*

Un vol. in-8° con 3 carte geog. 1878. — L. 2.

---

**A. Gorret** et **C. Bich.** — *Guide de la Vallée d'Aoste.* Un vol. in-12° illustré de 85 vignettes et d'une carte, 1877. (Legato in tela L. 6) . . . . . . L. 5

— *Victor-Emmanuel sur les Alpes.* Notices et souvenirs. Ornés de croquis par Casimir Teja, d'un portrait en photographie et d'une carte. Deuxième édition considérablement augmentée. 1879 . . . . . L. 2

**L. Clavarino.** — *Le Valli di Lanzo.* Un vol. in-12° con carta topografica . . . . . . . . . L. 1 50

**A. Covino.** — *Panorama delle Alpi e i dintorni di Torino,* col *Panorama della cerchia Alpina* disegnato dal Monte dei Cappuccini da E. F. Bossoli. Un vol. con 22 incisioni e 2 carte geografiche . . . . L. 4

— *Torino,* descrizione illustrata. Un volume L. 2
Edizione francese: L. 2 50.

— *Guida al Traforo del Cenisio — Da Torino a Chambéry* (3ª ediz., coll' aggiunta del viaggio da Chambéry a Parigi, Lione e Ginevra). Un vol. in-12°, con 30 incisioni e 5 carte. . . . . . . . . L. 3
— Ed. Francese, L. 3 50 — Ed. Tedesca, L. 6 50.

— *Alcune Ore in Torino.* Breve Guida ad uso dei forestieri. Un vol. in-18°, con incisioni e pianta. Terza ediz., 1878 . . . . . . . . . . L. 1
Edizione francese: L. 1.

**G. Garelli.** — *La cura termale in Acqui.* Guida per i medici e per i balneanti. Un vol. in-18° con carta topografica, 1877 . . . . . . . . . L. 2

**E. Lace.** — *Cenni sulle terme di Valdieri.* Un vol. in-18° con carta topogr., 1878 . . . . L. 2 50

**C. Rabajoli.** — *Guida alle Terme di Vinadio.* Un vol. in-18° con carta geog., 1877 . . . . . . L. 1 50

# STUDI GEOLOGICI

## SUL GRUPPO

# DEL GRAN PARADISO

### PER

## MARTINO BARETTI

Un vol. in-4° di 122 pag.; con 7 carte e spaccati geologici,
in cromolitografia, 1877. - L. 12.

Questo lavoro di ordine puramente scientifico fu presentato alla Reale Accademia dei Lincei nella seduta del 7 gennaio 1877 dai soci Quintino Sella e Giovanni Struever. Il socio Quintino Sella chiudeva la sua relazione all'Accademia colle seguenti parole: *Devonsi porre in rilievo la grande importanza e le molte difficoltà del lavoro del Baretti, ed osservare che nel gruppo del Gran Paradiso vi sono parecchie punte verso 4000 metri ed oltre e molte cime e colli più alti di 3500 metri, cosicchè per farne uno studio dettagliato occorreva un geologo, che al pari del Baretti fosse valente alpinista. La Commissione, mentre si rallegra che in questo caso la passione per le Alpi abbia dato così utili risultati, e si augura che molti alpinisti italiani imitino l'esempio del Baretti, propone che la memoria del Baretti venga pubblicata negli atti dell'Accademia.*
Ecco per sommi capi gli argomenti svolti:

*Introduzione*. Rivista degli studi geologici nelle Alpi Piemontesi — Alpi Graie — Gruppo del Gran Paradiso — I. Forme petrografiche dei terreni cristallini antichi; loro modo di origine — II. Forme petrografiche dei terreni cristallini recenti — III. Minerali dei terreni cristallini recenti; genesi di questi terreni — IV. Stratigrafia dei terreni cristallini e suoi rapporti coll'orografia — V. Forme petrografiche e stratigrafia dei terreni paleozoici — VI. Cronologia dei terreni cristallini e paleozoici — VII. Terreni terziari; coni di dejezione — VIII. Il periodo glaciale e sue traccie — IX. Minerali utilizzabili nel gruppo del Gran Paradiso — *Conclusione*.

---

# AL S. GOTTARDO

---

## DA TORINO A LUCERNA

### Schizzi e note

raccolte dagli allievi ing. CASELLI, DUBOSC, CABELLA durante le esercitazioni pratiche di Macchine a vapore e ferrovie compite dagli allievi ingegneri della R. S. d'Applicazione di Torino. Un volume con 4 tavole ed illustrazioni, 1876 . . . . . . . . . . . . . L. 2

# BIBLIOTECA ELZEVIRIANA (*)

*Eleganti volumi in carta chamois vergée.*

**Arrigo Boito.** — *Il libro dei Versi* — *Il Re Orso.*
Un volume in-18°, 1877 . . . . . . . . L. 4

Il *Mefistofele* ne' trionfi che ottenne a Bologna, Venezia, Torino, Roma, Ancona, Trieste, rivelò non solo un grande maestro, ma un grande poeta, e fece nascere in tutti il desiderio che il Boito riunisse in un volume le sue liriche sparse qua e là pei giornali, e lette con avidità ed ammirate specialmente dalla gioventù anelante all'arte nuova. Il Boito ha corretto, e quasi rifatta, con somma amorevolezza l'opera sua.

Questo volume contiene dodici liriche, alcune delle quali furono già accolte da PAOLO HEISE nella sua *Antologia dei Poeti Italiani*, pubblicatasi a Stuggarda, ed *Il Re Orso*, creazione bizzarra e potente, allegoria ad un tempo e leggenda.

*Il libro dei Versi*, oltre ch'è un'opera d'arte originalissima, è una disfida contro tutto il vecchiume: ed il poeta aveva prevedute le critiche degli odiatori di ogni novità sin da quando nel 1866 scriveva ad Emilio Praga:

> E intanto il volgo intuona per le piazze
> La Fanfara dell'ire:
> Ed urla a noi, fra le risate pazze,
> « Arte dell'avvenire ».
> (Dalla *Gazzetta di Torino*).

**Corrado Corradino.** — *Primi Versi.* Un volume
in-18°, 1877 . . . . . . . . . . L. 4

L'autore chiama con modesta semplicità *primi* questi *versi*, che son già tal cosa da meritare a lui un bel posto tra' provetti. Non si tratta d'uno dei soliti infilatori di righe rimate, ma di un vero poeta per la grazia di Dio, come qualcuno ebbe occasione di dire. Si palesano in questo volume gli intendimenti dell'arte nuova, non classica nè romantica od altro, ma, senz'ombra di manierismo scolastico, pittrice libera ed ingenua della realtà, quale essa sia.

Un'osservazione. Il nome del Corrado non è nuovo ai torinesi: da qualche anno alle conferenze universitarie di letteratura italiana egli delizia uno sceltissimo pubblico colla lettura de' suoi versi: il volume de' quali era già compilato e consegnato nel maggio scorso all'editore, che, solo per cause indipendenti dalla propria volontà, non lo potè subito pubblicare.

(*Movimento*).

(*) I vol. di questa collezione elegantemente rilegati all'antica, dorso ed angoli in pelle, fogli dorati in testa: aumento di lire tre sui prezzi segnati a ciascun volume.

# BIBLIOTECA ELZEVIRIANA

*Eleganti volumi in carta chamois vergée.*

**Pietro Cossa.** — *Messalina.* Commedia in 5 atti in versi con prologo (seconda edizione). Un vol. in-18°, 1877 . . . . . . . . . . . . . . . . . **L. 4**

Roma e Torino applaudirono entusiasticamente questo capolavoro drammatico. È la migliore composizione scenica del *Cossa*, che pur si era già fatto tanto ammirare nel *Nerone.* Meraviglioso è il modo con cui egli seppe rendere possibile sulle nostre scene ed artisticamente bella la figura di Messalina, senza però tentare una riabilitazione impossibile. L'importanza letteraria di questo lavoro proviene dall'arditezza nuova ed insuperabile con cui fu concepito e scritto; — non è una tragedia, e non è il dramma moderno; ma bensì una *forma nuova,* creata dall'autore. In questo senso la *Messalina* fu un avvenimento nel mondo artistico. Cossa ha segnato al dramma storico una nuova via. Il libro era ansiosamente aspettato. I critici ne lodarono unanimi le bellezze straordinarie, ed uno splendido successo librario coronò il successo splendidissimo delle scene.

— *Giuliano l'Apostata.* Commedia in 5 atti e in versi. Un vol. in-18° . . . . . . . . . . . . . . . . . **L. 4**

Alla *Messalina* di Pietro Cossa fa degno riscontro il suo *Giuliano* opera sommamente drammatica quella — opera in egual misura drammatica e letteraria questa. Una dottrina profonda, una conoscenza esatta, o, meglio intuitiva, dei tempi, un alto sentimento di patria, di grandezza, di forza civile si trasfondono in una azione drammatica, in cui i personaggi sono ciascuno l'incarnazione delle disparate masse in cui era diviso il mondo romano-orientale. Qui Giuliano non è più soltanto, come nelle altre produzioni del Cossa, un personaggio che spicca su tutti ed a cui gli altri fanno da leva: è un centro intorno a cui gravitano elementi diversi, aventi tutti vita propria, e tutti un significato. Sono ognuno una visione del bizantinismo incipiente e della moribonda unità romana. — I drammi del Cossa hanno tutti una elevata morale in quanto che contengono tutti una grande lezione storica. La *Messalina* ci mostra le aberrazioni del potere quando sono spente le virtù civili; — il *Giuliano,* le aberrazioni non meno funeste del sentimento popolare nei dissidi religiosi quando l'influenza civile non tempera e frena l'influenza religiosa. Il *Giuliano* è una solenne protesta contro l'invasione dello spirito teocratico e dissidente, un canto funebre sulla morte dello spirito civile, incivilitore ed unitario dell'antica Roma. La morale che se ne ritrae è utile anche adesso.

*In preparazione:*

**Pietro Cossa.** — *Cola da Rienzi.*

— *Cleopatra* (si pubblicherà in gennaio p. v.)

— *L. Ariosto e gli Estensi.*

— *I Borgia.*

# BIBLIOTECA ELZEVIRIANA

*Eleganti volumi in carta* chamois vergée.

~~~~~~~

**Giuseppe Giacosa.** — TEATRO IN VERSI, vol. I: *Una Partita a Scacchi — Il Trionfo d'Amore.* Un vol. in-18º (sesta edizione), 1878 . . . . . . . L. 4

Le due leggende drammatiche contenute in questo volume formano un genere di letteratura affatto nuovo fra noi, e del quale il Giacosa è il creatore. Amendue ottennero sul teatro uno strepitoso successo, e furono lodate con entusiasmo dai principali critici d'Italia.

———

— TEATRO IN VERSI, vol. II: *Il Marito Amante della Moglie.* Commedia in 3 atti in versi. Un vol. in-18º (seconda edizione), 1878 . . . . . . . . . . L. 4

Questa commedia è una vittoriosa risposta a coloro i quali credevano che all'infuori del Medio Evo il Giacosa non potesse trovare belle e gentili ispirazioni. Nel *Marito amante della moglie* nulla di leggendario. Abbiamo la verità in iscena: — una verità non comune veramente; eccezione piuttosto che regola; ma pur sempre verità.

L'autore colla magia delle situazioni, dei caratteri, del linguaggio della passione che sovrabbonda ad ogni scena, seppe trarre il massimo partito da un argomento semplice che ad altri che non avesse il suo ingegno sarebbe parso argomento impossibile a trattarsi. Nel verso e nello stile noti come un profumo commisto del Goldoni e di A. De Musset che riesce ad un tutto nuovo veramente e simpatico.

———

— TEATRO IN VERSI, vol. III: *Il Fratello d'Armi.* Dramma in 4 atti in versi. Un vol. in-18º . . . L. 4

A mio avviso quest'ultimo lavoro del Giacosa ha il merito indiscutibile di possedere gli elementi del dramma..... dalle fiabe e dalle leggende il poeta torinese segna indubbiamente un progresso, presentandoci per la prima volta caratteri, passioni e fatti romantici, ma d'indole drammatica. Da ciò la curiosità del pubblico dal primo all'ultimo atto.

Come lavoro letterario il *Fratello d'Armi* del Giacosa vale ancor dippiù della *Partita a Scacchi* e del *Trionfo d'Amore*, e può definire la riabilitazione del martelliano. Come lavoro scenico possiede gli elementi del dramma.

(P. CAMERONI. Dal *Sole*).

———

*In preparazione:*

**Fantasio (F. Martini).** — *Proverbi.* Vol. 1º.

# BIBLIOTECA ELZEVIRIANA

*Eleganti vol. in carta chamois vergée*

**Giuseppe Giacosa.** — TEATRO IN PROSA, vol. 1: *Al Pianoforte. — Acquazzoni in montagna. — Non dir quattro, se non l'hai nel sacco. — Storia vecchia.* Un vol. in-18° (carta *chamois*) 1877 . . . . . L. 3

Quanto a questo primo volume del *Teatro in prosa* del Giacosa la briosissima Commedia *Acquazzoni in montagna*, tanto applaudita in molte città italiane, basterebbe da sola ad assicurare la riuscita eccellente dell'edizione.

**G. C. Molineri.** — *All'Aperto.* Liriche. Un volume in-18°, 1876 . . . . . . . . . . . . . L. 3

Il Molineri aspira ad essere, quel che una volta si chiamava, poeta civile. Ora per mancanza della cosa è caduta in disuso anche la frase. Egli possiede per esserlo la serenità, la saldezza delle convinzioni, un ottimismo sicuro, una grande fiducia nei destini dell'amanità.
Di queste liriche le più belle e bellissime veramente sono le politiche: *Una notte sulla spiaggia — L'anno 1870 — L'incendio di Parigi — A Nasvr ed Din — Una quercia percossa dal fulmine.* Nelle quali è un sentimento robusto, una mirabile lucidità ed elevatezza di pensiero, un'espressione schietta ed efficace.

(*Pungolo*, 14 febbraio 1876).

**Angelo Bargoni.** — *La donna.* Lettura pubblica, fatta il 24 gennaio 1875 nel salone dei giardini pubblici a Milano. Un vol. in-18°, 1877. . . . . . . . . L. 1

**Salvatore Farina.** — *Amore bendato.* Racconto. Seconda edizione. Un volume in-18° (carta *chamois*), 1877 . . . . . . . . . . . . . . . . L. 3

---

**Francesco Petrarca.** — *Rime inedite.* Un vol. in-12° - Caratteri elzeviriani . . . . . . . L. 2

Questo volume contiene 33 sonetti, una canzone e la vita del poeta, pure inedita, pubblicati per la prima volta, e preceduti da una dotta prefazione di Domenico Carbone.

# MACËTTE TURINEISE

## 40 SONET

### D' FULBERTO ALARNI

*I. Sang-bleu — II. Borghesia.*

Un volume in - 12°, 1879. — L. 2.

*In preparazione:*

# CANZONI PIEMONTESI

### di
### ANGELO BROFFERIO

*7ª Edizione illustrata con Note storiche e filologiche.*
Un volume in-12° con ritratto.

## Emilio Praga

# MEMORIE DEL PRESBITERIO

### Scene di Provincia.

Un volume in-12°

## W. D. Cooley

# GEOGRAFIA FISICA

### OSSIA

## IL GLOBO TERRACQUEO ED I SUOI FENOMENI

traduzione dall'inglese di M. LESSONA

Un vol. in-12° con 125 figure e 12 carte.

## OPERE VARIE (Letteratura)

### Stanislao Carlevaris

# S E N Z A  S O L E
### Novella

Un vol. in-12° con acquaforte, 1877, L. 3.

Il signor Stanislao Carlevaris, quando concepì la presente novella ebbe una bella, cara e felice ispirazione che ogni scrittore gli potrebbe invidiare; una di quelle ispirazioni le quali, quando sono seguite da un lavoro fatto con coscienza ed amore, riescono senza fallo ad un'opera bella e degna di lode duratura, e di un successo non effimero. E leggiadra, lodevole, una delle più simpatiche, piacevolissima opera è riescita la novella intitolata: *Senza sole*...

La bella trovata che gli è venuta in mente, l'autore seppe svolgere a dovere, curare con degna attenzione, e siccome ad ogni cosa ben pensata si trova più facilmente dare buona forma, seppe scriverla con cara efficacia di stile e con un'artistica semplicità piena d'incanto.

(V. Bersezio. Dalla *Gazzetta Piemontese*).

### Elza Adami-Richelmy

# A U T R E F O I S !
### Récit intime

2 vol. in-12°, 1876, L. 6.

« È un delicato racconto intimo di genere tutto psicologico, una interessante serie d'impressioni del cuore esposte senza pretesa ed in castigatissima forma. Esso venne annunciato con elogi e raccomandato da quasi tutti i giornali d'Italia come uno studio autobiografico appropriatissimo a chi sa accompagnar la lettura colla meditazione ».

### Di prossima pubblicazione

# GEROMINO A ROMA
#### NOTE DI
## GIOVANNI FALDELLA
### (Pofere Maurice)

Un volume in-12°.

# OPERE VARIE (Letteratura)

**V. Bersezio.** — *Alessandro Manzoni.* Studio biografico e critico. Un vol. in-12° . . . . . . . . . L. 1

**E. Castelnuovo.** — Nuovi Racconti: *Dopo venticinque anni. — La lettera di Margherita. — Lo specchio rotto. — Il parassita indipendente. — L'orologio fermo. — Il maestro di calligrafia.* Seconda edizione. Un vol. in-12° . . . . . . . . . L. 3

Il grande pregio che distingue gli scritti di Enrico Castelnuovo, ed in special modo i racconti che formano il presente volume, si è l'assoluta verità che spicca sì nei caratteri che nelle situazioni, e nei fatti i quali formano la traccia delle sue narrazioni.

Da ogni pagina traspira una mente sicura di se stessa, un'anima nobile, un cuore sensibile e generoso. Sia quando con grazioso umorismo chiama il sorriso sulle labbra, sia quando fa spuntare le lacrime negli occhi coll'intensità degli affetti e dei dolori che descrive, l'autore sa farsi amare, e l'amore è qualche cosa più dell'ammirazione. Questa serie di racconti forma una scelta e preziosa corona.

**G. Faldella.** — *A Vienna. Gita col lapis.* Un vol. in-18° . . . . . . . . . . . . . . . . L. 2

**C. G. Molineri.** — *Il Viaggio di un Annoiato,* racconto. 3ª ediz. Un vol. in-12°, 1878 . . . L. 2 50

— I Dranmi delle Alpi (*La povera Teresa — Il Parroco di Montagna — L'ultimo Ceppo — La Carriera — Il Folle di Mezzadro*). Un vol. in-12°, 1877 . . . . . . . . . . . . . . . . . L. 3 50

Io sono stato dei primi a lodare il suo *Viaggio di un annoiato;* le promesse che faceva questo primo lavoro sono mantenute nei *Drammi delle Alpi.* Sono sei racconti, uno più bello dell'altro e di diverso genere, benchè tutti abbian per scena la campagna o il monte. Il più interessante è il *Il parroco di montagna*, senza far torto agli altri. Sono poi profondamente originali, perchè descrivono costumi, tipi nostri, con grande verità; e non è di quelli che ti pare avere incontrati altrove, e la cui scena potrebbe portarsi in qualunque sito. Il Molineri infine, con mezzi semplici e senza tirate, commuove dolcemente e interessa con molta nobiltà di sentimento.

(*Illustrazione Italiana*, 29 luglio 1877).

**A. Montino-Meynero.** — *Velature e strappi.* Nuovi versi. Un vol. in-12°, 1876 . . . . . . L. 2 50

**E. Pinchia.** — *Oriente, Occidente. — Un atto d'usciere. — Molini a vento. — Intermezzi. — Fra i monti.* Un vol. in-12°, 1877 . . . . . . . . L. 2

## OPERE VARIE (Scienze)

**M. Baretti.** — *Appunti per il Corso di Mineralogia e Geologia* nel R. Istituto Industriale e Professionale di Torino, anno scolastico 1875-76. 2 vol., autografati, in-8° di complessive 1336 pagine con numerose figure, 1876 . . . . . . . . . . L. 15

**G. Bizzozero.** — *Crup e Difterite.* In-12° con figure, 1875 . . . . . . . . . . . . L. 0 80

**I. B. Fonssagrives.** — *La vaccina dinanzi alle famiglie. (Dobbiamo far vaccinare i nostri figli? — Dobbiamo farci rivaccinare? — Come farci vaccinare e rivaccinare?)* Versione con note ed aggiunte, sulla 3ª edizione francese, del dott. B. Carenzi. Seconda edizione italiana. In-12°. . . . . . L. 1 50

**F. Garelli.** — *Manuale di viticoltura e di vinificazione per gli agricoltori italiani.* 3ª edizione. Un vol. in-12°, con 25 figure, 1877 . . . . . . . L. 3 50

— *Il buon coltivatore. Libro per le scuole rurali e per la gente di campagna.* Undecima edizione. Un vol. in-12° con figure, 1877. . . . . . . . L. 0 80

**M. Lessona.** — *Sunti delle Lezioni di Zoologia raccolti alla Scuola del prof. Michele Lessona da Mario Lessona.* Un vol. in-8° di 354 pagine con 6 tavole, 1877 . . . . . . . . . . . L. 10

— *Degli studi zoologici in Piemonte.* In-8° con 3 carte, 1878. . . . . . . . . . . L. 1 50

**C. G. Gloria.** — *Le resistenze e le difese del cavallo da sella, dal punto di vista dell'equitazione militare. Osservazioni.* Un vol. in-12° . . . . . . . L. 2

**E. Lanza.** — *L'Uso dei concimi e l'Alimentazione del bestiame. Questioni agrarie.* Un vol. in-12°, 1877 . . . . . . . . . . . . . . L. 1

**G. Lario.** — *La Tradizione Biblica e la Scienza moderna.* Un vol. in-12° . . . . . . . L. 4

**S. Lissone.** — *L'industria vinicola in Italia.* Opus. in-18°, 1877 . . . . . . . . . L. 0,60

# OPERE VARIE (Scienze)

———

**A. Mosso.** — *La farmacologia sperimentale.* — *Ricerche sul Cloralio.* In-12°, con 2 incisioni ed una tavola litografata, 1876 . . . . . . . . L. 0·80

**L. Oudart.** — *Le buone pratiche per la vinificazione e la conservazione dei vini giustificate dalla scienza moderna.* In-8°, 1877 . . . . . . . . . L. 1·50

**A. Rabbeno.** — *I Club alpini e le foreste.* — *Studi economici legislativi.* In-8°, 1877 . . . L. 2

**G. Sciacca.** — *Prolusione al corso libero di Diritto Costituzionale, detta nella R. Università di Torino addì 21 novembre 1877.* In-12° . . . . L. 1

— *La Camera Alta nei Governi parlamentari.* Un vol. in-12°, 1878 . . . . . . . . . . . . L. 2

**G. Siotto-Pintor** (Senatore del Regno). — *Della Potenza del carattere umano.* Un vol. in-8° . . L. 3

— *La vita nuova, ossia rinnovamento delle instituzioni e degli ordinamenti dello Stato.* Un vol. in-8° . . . . . . . . . . . . . . . . L. 10

— *Storia civile dei Popoli Sardi dal 1798 al 1848.* Un vol. in-8°, 1877 . . . . . . . . . L. 5

**E. Strini.** — *Catechismo dell'Operaio.* Un vol. in-12° . . . . . . . . . . . . . . . L. 1·20

**N. Ziino** (Ingegnere). — *Della Costruzione degli Ospizi e degli Ospedali.* Considerazioni tecniche ed igiene, specialmente dal punto di vista della ventilazione e del riscaldamento. Un vol. in-8° con figure, 1877 . . . . . . . . . . . . . . . L. 3

**U. Schiff.** — *Empirismo e metodo nella applicazione della Chimica alle Scienze naturali e biologiche.* Prolusione alle lezioni dell'anno 1876-77 dettata nella R. Università di Torino. In-12°, 1877 . . L. 1

*Quadro sinottico del buon governo de' bachi da seta.* Un foglio con figure colorate . . . . . . . L. 1

## Camillo Doyen

# TRATTATO DI LITOGRAFIA

### TEORICO-PRATICO ED ECONOMICO

Un vol. in-4º di 300 pagine, con 33 tavole nei vari generi di litografia, 5 ritratti, un frontispizio in cromolitografia, ed una copertina artistica, 1877.   L. 20

### INDICE DEL VOLUME

*Une route de chasse.*